カタブツ検事のセフレになったと思ったら、
溺愛されておりまして

一章（side 莉子）

サプライズはいけない。

特に、遠距離恋愛におけるサプライズは最悪だ。


「蓮（れん）、何してるかなあ」

私はお土産（みやげ）の八つ橋（やはし）を片手に、エレベーターの壁に背を預け、一か月前まで恋人と同棲していた東京二十三区の隅っこにあるマンションの鍵を取り出す。八つ橋は季節限定のいちご味だ。

チラリとスマホを見てみれば、時刻はちょうど十六時。

遠距離中の彼氏のところに、「やっほーサプライズで帰ってきたよ！」をして喜んでもらおうと、現在の住居たる京都からるんるん気分でやってきたところだった。

「会うの久しぶりだなー」

寂しいけれど、毎日電話もしているし、連絡は欠かさない。付き合って四年目にしては、まあまあラブラブなほうだと思う。

五階に着いて、懐かしい廊下を歩き出す。手の中で蓮と色違いのキーケースがちゃりっと音を立てた。ドアの前に立ち、軽く深呼吸してから鍵を開ける。勢いよくドアを開けて一歩踏み込み、「ただいまー！」と言う私の浮かれた声に返ってきたのは、人口甘味料みたいに甘ったるく上ずった喘ぎ声だった。

「あっ、蓮くん、蓮、イく……っ」

頭が真っ白になる。何これ、何が起きてるの？

思わず靴箱に寄り掛かった。置いてあったはずの、ふたりでグアム旅行に行ったときに買ったガラス細工の写真立てが見当たらない。そんな小さなことに、私は聞こえ続けている喘ぎ声よりショックを受けていた。

「なんで」

零した声が嬌声にかき消される。手から力が抜けて取り落とした鞄の音に、嬌声が止む。足が震えていた。だって……だって、私、知っている。さっきまで聞こえていた喘ぎ声の主を、知っている。

慌てたような足音とともに、「莉子！」とさっきまで大好きだった人の声がした。

「蓮……」

「あのっ、莉子、違う。違うんだ」

現れた蓮が着ていたのは、慌てて羽織ったと思われるシャツ一枚。せめて下も穿いてほしい。それだけ慌てていたってことなのかもしれないけれど。

狼狽した様子で説明する恋人の背後から、「誰～？」というのんびりとした声がする。蓮のT

シャツだけというしどけない格好で現れたのは、同僚で入社以来の親友だった。

転勤が決まり『遠距離になるの心配なんだ』と相談した私に、ニコニコと『莉子と行橋（ゆくはし）くんなら大丈夫だよ』って言って、私の転勤を栄転だと喜んでくれていた友達。

今日私が、サプライズでここに来ることを知っていた……親友。

「香奈穂（かなほ）……どうして」

「あ、莉子。久しぶり～。一か月ぶり？」

勝ち誇った顔だった。それを見ても、わななく唇は何も言葉を発してくれない。

「莉子」

蓮の声に弾かれるように玄関のドアをばたんと力いっぱい閉めて、来た道を……来たばかりの道を通って駅まで戻って、さっき乗ったばかりの電車と新幹線を乗り継いで、京都まで戻った。

「戻った」と認識したのは改札を出てからのこと。夜空に浮かび上がる京都タワーが視界に入ってからだった。スマホには蓮からの着信がずらりと並んでいる。私は震える手で着信拒否した。香奈穂のも。

関わりたくない。顔も見たくない。

「……最悪だよ」

ぽつり、と呟（つぶや）いた声が、春の京都駅の雑踏に消えた。

胸が苦しくて涙が出そうになったけど、泣いたら負けだなとか思っちゃって……よし飲もう、と京都で一番繁華な飲み屋さん街まで行った、ところまでは覚えている。

なんか揺れてる。

(あれれ？)

頭がくらくらして、痛い。

(何これ？)

視界の隅に、飲み屋さん街の灯りを反射してぼんやり光る満開の桜と、穏やかに流れる浅い川が見えた。

さっきと同じ飲み屋さん街にいることは間違いない。

ただ、知らない男の人に、半ば抱えられるように歩いていた。揺れていると感じたのは、そのせいだったらしい。

「……あれ、え？」

「あ、起きちゃった～」

見上げると、茶髪の「明らかにチャラいです」って感じの男の人が私を覗き込んでニタニタと笑っていた。同い年くらいだから二十代半ばとか、それくらいだと思う。

「今ねえ、莉子ちゃんさ、オレと飲みなおそ～って言ってたとこだよ」

やけに猫なで声で彼はそう言う。

「は、え、そう……なんですか？」

酔いすぎてて、まったく記憶がない。どうしよう、こんな展開、生まれて初めてだ。

「あのう、誰ですか？」

「えーっ、忘れちゃったの？」

その人はぎらぎらした瞳で私を見ながら言う。背中に怖気が走って、ようやく危機感が湧いてきた。かなりまずい気がする、この状況！

「オレの家で飲みなおそう、って言ってたのに」

「え……！」

私のバカ！

慌ててその人から距離を取ろうとする。……けど、足がもつれていうことを聞かない。ひゅ、と喉から声がした。本当に何してるの、私！

けれど、この時点で意識が戻ったのは不幸中の幸いだ。……なんとか逃げなきゃ！

「あの、すみません私、帰らないと」

その人の手を振り払おうとするけれど、まだ身体がうまく動かない。

「あー、やばそだね？　大丈夫、オレんち近いから」

「……や……、っ」

大声を出したいのに、喉に、お腹に、うまく力が入らない。

涙が浮かんできて、どうしたらいいか分からなくて、迂闊な自分を責めても今更どうしようもなくて――

「莉子」

ふと、低い声がした。

誰かの腕の中に、奪われるように抱き留められて目を瞠る。えっと？

「ここにいたのか。捜した」

頭に「？」マークをつけながら、今私を抱き留めている人を見上げた。飲み屋さん街だというのに、仕立てのよさそうなスリーピーススーツをきっちりと着込んだ、背の高い男性だ。硬い胸板が背中に当たる割に細身で、整った顔立ちをしている。もちろん彼に見覚えはない。

混乱して動けなくなっている私に、茶髪さんは「なんだ、連れいたんだ」と舌打ちをひとつ。

「期待させんなよ、クソビッチ」

「何がクソビッチだ、貴様」

スーツの男の人は、少し怒りを含んだ声で言い返す。

「道で座り込んだ彼女を抱きかかえて歩き出すから、知人かと思って様子を見ていれば……彼女に何をするつもりだった！」

「しらねーよ、つうか酔っ払い放置するほうが悪いだろ！」

捨て台詞のように茶髪さんは言って、さっさと人混みに消えていく。

「……あの」

そっと助けてくれた男性を見上げる。

私が言葉を続ける前に、彼は怒りに満ちた目の色をさっと心配一色に変えた。そうしてじっと見つめられると、なぜか何も言えなくなる。

「何もされていないな？」

「……は、はい。ありがとうございました」

お礼を言った私を見て、彼はその端整なかんばせに不思議そうな色を浮かべる。

「久しぶりだからって他人行儀すぎないか？　莉子」

「いや、その、ええっと」

私の記憶リストに、彼みたいな眉目秀麗な男性はいない。そもそも、なんで名前を知っているんだろう。

「しかしビックリした。莉子に似た人がいると思ったら本当に莉子で、得体の知れない輩に連れていかれそうになっていて……何があった？」

彼は整った眉根を寄せ、私を見下ろす。ざあっと春風が吹いて、桜の花びらが目の前を掠めて飛んでいった。

頭の奥がちりっとする。

あ、またお説教モードだよって、彼を知らないはずなのに——そう思ってしまった。

「……あのう」

私は違和感と既視感でいっぱいになりながら、おそるおそる口にする。

「どちらさまでしょうか……」

その人は、たっぷり数秒は絶句した。それから苦笑いして、「分からないか」と肩をすくめる。

「十七年ぶりだからな。……久しぶり。菅原莉子さん」

私のフルネームを告げたあと、彼は軽く頬を緩(ゆる)めた。

十七年前って……？　十歳のときに会ったということ？　私は首を傾げる。

「小学校五年生で転校していった、宗像(むなかた)という少年については？」

「え？　あ、おぼえて、る……きょーすけくん、宗像恭介(きょうすけ)くん」

ぽかん、と彼を見上げながら言うと、アルコールでふわんふわんの頭が、じわじわと現実を理解していく。

「うっそ！　恭介くん!?　久しぶり！」

思わずスーツのジャケットを掴みながら叫ぶ。恭介くんは穏やかに、ほんの少しだけ唇を緩(ゆる)めた。

十歳だった男の子と、今目の前にいる二十七歳の男の人が、うまくリンクしない。

しないけど、どうやら目の前にいるのは私の初恋の人、宗像恭介くんで間違いない――らしい。


「……という、わけでして。情けない限りでございます」

何があったんだ、と心配しきりの彼とやってきたのは、近くのバーの個室だ。窓からは京都の街並みが眺められる……といっても、この街は景観規制があるせいで、そう高層ではないのだけれど。

個室にしたのは、あまり人に聞かれたい話ではないからだった。

遅い時間だというのに、恭介くんは快(こころよ)く話を聞いてくれた。そして、話を聞き終わると、彼はものすごく怖い顔をして「そんな最低な男のことは忘れろ」と低く言った。

「君にはもっと相応(ふさわ)しい人が、……いるはずだ」

「なぜ言いよどんだの、恭介くん」

さすがにノンアルのカクテルを注文したけれど、それでもまだ酔いが覚めてないこともあって私は強気に突っ込む。

「いなそう？　もう私に彼氏はできなそうってこと!?」

「ち、違、そうではなくってだな」

「いーんです、いーんですよ、もー」

私はふん、と鼻息荒くノンアルカクテルを喉に流し込む。

「もう当分恋愛とかはいいや！　うん」

私はこくこくとひとり頷き続けた。

「こうなったらもう、遊んでやるんだから」

私は半ば八つ当たり気味に恭介くんに言い散らかす。恭介くんはその端整なかんばせに明らかに驚愕と狼狽(ろうばい)を浮かべている。

「あ、遊ぶ？」

「そう。だってね、恭介くん。私、真面目だったんだよ。その彼氏と付き合うまでね、……処女だったし」

ぶふう、と恭介くんはビールを噴き出す。幸いほとんど口内になかったのか、口の周りがビール塗(まみ)れになっただけで済んだ。

「大丈夫？」

「わ、悪い。しかし、こんなことを急に言う君サイドにも問題がありはしないか」

「ん、ごめんね。でも、でもね」

じわ、と涙が浮かんでくる。

恭介くんはハンカチでも探しているのか、ワタワタとスーツのポケットに手を入れる。結局見つからず、スーツの袖でそっと、本当にそおっと私の目元を拭(ぬぐ)ってくれた。

「ふふ」

つい目元を緩(ゆる)めた私を、彼は不思議そうに見つめる。

「恭介くん、相変わらずだ」

私は「ありがと」と笑って言いながら思い出す。小学生だった恭介くんも、優しくてまっすぐで、でも少し融通(ゆうずう)が利かなくて、……そんなとこも、好きで。

「変わんないなぁって」

「……君もな」

「そうかな。変わっちゃった。……処女じゃなくなった」

「っ、そこは大した問題では、ないのでは」

慰(なぐさ)めようとしてくれた言葉だとは分かっているけれど、私は首を横に振る。

「ダメなの。だって、私……結婚する人としかしないって、決めてたの」

硬すぎる考えだったのかもしれない。でも、私にとっては……

「……そうなの、か」

恭介くんは微かに声を落とす。

「だから、彼とは、その、つもりで、覚悟で」

そんなところが、もしかしたら蓮は重く感じていたのかも。だから浮気なんてされたのかも。

ううん、浮気なんかじゃなかったんだろう。そうじゃなきゃふたりの思い出の品を片付けたりなんかしない。折を見てそのうち別れを告げるつもりだったんじゃないかな。

泣き出した私を、おろおろと恭介くんは見つめる。

「ご、ごめん、すぐ泣き止むから……っ」

「莉子」

袖じゃ足りないと判断したのか、恭介くんは私の横まで移動してきて、軽く、羽でも抱えるみたいに抱きしめてくれた。

広い肩幅と厚い胸板。目の前にはくっきりとした喉仏。

まだ頭のどこかに十歳の恭介くんがいるせいで、恭介くんがちゃんと男の人の身体をしてることに――むしろ割と筋肉質なことに少し驚く。

恭介くんのにおいは、なんだか落ち着いた。

「莉子、……ハンカチ代わりにしていいから」

「ごめんね、こんなお高そうなスーツに涙と鼻水つけちゃって……っ、クリーニング代出すからね」

そう言うと、恭介くんが少し笑う気配がした。

ゆるゆると私の後頭部を撫でる、あの頃とは全然違う、大きな手。

しばらくして泣き止んで、すうと離れる。恭介くんを見上げて笑ってみせると、彼は少しだけ読めない表情をして、それから向かいの席に戻った。

「ありがとう、ね」

「いや」

ぶっきらぼうに恭介くんは答える。照れているのが分かって、ちょっぴり可愛いだなんて思ってしまう。私は小さく笑って、それから続けた。

「だからね、遊ぼうかなって思ってる。男の人と」

「……すまん、話が読めない」

「もう誰としても同じ。何人としても一緒」

私の言葉に、恭介くんが表情を凍らせる。まるで自分が傷つけられたかのような表情だった。

「大丈夫……さっきみたいのはもうないようにする」

安心させようと笑顔を見せる。私だって、無理やりされるのは嫌だ。

「でもね、それくらいはっちゃけちゃったほうがスッキリするような気がするの」

恭介くんは相変わらず痛々しそうな表情を浮かべて、私を見つめ続ける。

「ごめんね。私さ、昔から思い切りが変な方向に行きがちだから……」

「知ってる。覚えてる。けど、それは」

そこまで言って頭を抱えた恭介くんは、何かを考えてるみたいに黙り込む。

「あは、困るよねぇこんな話、急にされても」

気にしないで、と言う私の顔を、ぱっと顔を上げた恭介くんがじっと見つめる。

「莉子は……今は恋愛する気がなくて、でもセックスはしたい？」

「……まぁ、端的に言うと、そう……なるのかな？」

どうなんだろう。知らない人とセックスって？

リアルに想像すると、正直したくないなあと思う。やっぱりそういうの、向いてないんだろうか。

「よく分かんない」

乾いた苦笑を漏らすと、恭介くんは私を見つめたまま淡々と言い放った。

「じゃあ俺としよう」

「ん？」

「性行為を含んだ遊び」

「……はい⁉」

ぽかん、と恭介くんを見つめた。耳を疑う。今、彼、なんて言った？

「俺じゃ不足か？」

そう言って彼は私の手を握った。大きな手のひらにドキッとしてしまう。

思わず目を丸くする私の手の甲を、節くれ立った男の人の指先が撫でた。どこか慈(いつく)しむように。

「ええと。そ、そんなことはないっていうか、むしろ嬉しい……」

変なことを口走ってしまうのは、混乱しすぎて訳が分からないからだ。

それに、ふと思ったのだ。知らない人とはしたくない。

でも恭介くんとならいい、って。

どうしてそう考えてしまったのか思考をまとめる間もなく、恭介くんは生真面目な顔で、私の手を握る力を少し強くした。

「では決定だ。そうしよう。君と俺は今からそういう仲だ」

「……は、……うん」

自分から「男遊びする」なんて言い出したくせに、いざとなるとちょっと怖気づいてしまう——けれど、そのまま頷いた。それはやっぱり、私が「恭介くんになら抱かれてもいい」と思っているからだった。……違う、抱かれたいって。

どうして？

どうして私、恭介くんに触れられたいと思っているの？　自分で自分が分からない。私はさっき大好きな人に裏切られたばかりだったのに。

「あー……恭介くんの提案は、要はセフレってこと？」

「そうなるな」

あくまで普通のトーンで返してくる恭介くんを見て、つい笑ってしまった。

「恭介くんがセフレ作るなんて想像できない」

「俺も莉子がセフレ作ろうとするなんて想像もしてなかった」

そう言って恭介くんは微かに笑った。男の人の笑い方だ。

ふと目線を繋がれた手に向けた。私よりずっと大きな、筋張った手の甲。節の高い指。

あのときとは、全然違う。

出会った頃――幼稚園のときは、毎日繋いでいたけれど、小学校に上がって周りにからかわれてから止めたのだった。

大人になって、またこうして握られることになるなんて――と、ふと違和感に襲われる。

小学校のときも、繋いでいたことがある。強く強く、お互いの手を握り合っていたことが。

なんだっけ、なんだっけ……

思い出そうと悶々としてる私を、恭介くんは不思議そうに見る。

「どうした？」

「いや、ううん？」

きゅっと繋がれた手。いつのことだっけ？　ふたりで手を繋いで、そう、どこかへ向かってた。

〝どこでもないどこか〟へ。

十歳の頃の私は無敵。だって周りより背が高かった。この時期に身体が大きいっていうのは、か

なりのアドバンテージがある。

大人になったらすっかりぴったり平均になっちゃったけど、小学五年生の私は、恭介くんよりずっと背が高かった。

恭介くんは、カッコよくて足が速くて頭がよかったから、めちゃくちゃ人気があった。背が小さいのに、恭介くんは無敵だった。

幼稚園から一緒で、仲良しな私たちは思春期に入り始めて少しだけ距離を置いたけれど、それでも仲良しな友達には違いなかった。

私は、好きだったけれど。おそらくは、一方的に。

そんな片方ベクトルな恋の相手、恭介くんが私の家にやってきたのは、小学五年生の、ある日の放課後のことだった。初夏で晴れているのに、梅雨入りだってまだ先のはずなのに、やけにジメジメしていたのを覚えている。

「莉子～、恭介くん来てるよ」

そんなお母さんの声に玄関まで行くと、恭介くんが俯きがちに立っていた。

「恭介くん、どうしたの？」

「莉子、俺」

恭介くんはそのまま黙り込む。湿気を含んだ生ぬるい風が頬を撫でていく。

子供ながらになんだか尋常じゃない雰囲気を感じて、黙ってじっと彼からの言葉を待つ。しばらくの沈黙のあと、恭介くんは思い切ったように口を開いた。

「俺……転校することになった」

「てん、こう」

思わず復唱した。脳がうまく言葉を咀嚼（そしゃく）してくれず、私はぽかんと突っ立ってしまう。

……転校⁉

「ど、どこに？」

「仙台」

「遠いじゃんっ」

私たちが育った街から仙台へ行ってしまうというのは、小学生だった私たちにとって海外に行くみたいな感覚だった。

「やだよ！」

「……俺だって」

ざあ、と湿気を含んだ風がまた、吹いた。庭先の、少し気が早い青の紫陽花（あじさい）が揺れる。

「……莉子」

「……っ、なぁに」

私は溢（あふ）れる涙を手で拭（ぬぐ）う。パニックとショックで、涙が止まらない。

「莉子、一緒に……逃げてくれるか」

恭介くんはとても真剣に、そう言った。私は呆然と、その言葉を聞いていた。

続けて彼がしてくれた説明では、「別に本当に逃げ切る必要はない」らしい。

「俺が転校したくない、ってのが伝わればそれでいいんだ。俺と母さんは、この街に残る」

「ストライキってかんじ？」

「ちょっと違うけど……、そう」

私はすぐに頷いた。

「行こう。今すぐ逃げよう。遠くまで」

「……いいのか？　俺が言い出しておいてなんだけれど、絶対怒られるぞ」

「いいよ、恭介くんが転校しないためなら、なんだってする！」

一瞬虚を突かれた顔をしたあと、「ありがとう」って恭介くんは微笑んだ。

「……でも、いいの？　お父さんと離れることになるんじゃ」

「いいんだ！」

強い声で、恭介くんは叩きつけるように言った。私は思わずびくりと肩を揺らす。

「……ごめん。でも、いいんだ。本当に」

「う、ん」

恭介くん、お父さんのこと大好きなはずなのに……いいのかな。

恭介くんのお父さんは弁護士さん。「人を助けるために働いてるんだ」っていつも言っていた。

かっこいいんだって。

「……ええと、いつにしよう？」

「今週末。土曜日でいいか」

「分かった〜」

気楽に答える私を、拍子抜けしたように恭介くんは見る。

「本当に、いいのか」

「いーよいーよ。でもどこまで逃げるの？」

「……どこでもないどこか、かな」

「ふーん」

顔に似合わずポエミーなんだよね、恭介くんは。


そうしてやってきた、土曜日の朝。身の回りのものだけ持って、私と恭介くんはバスターミナルを歩いていた。お互いの手をしっかりと握って。

「手持ちのお金、ふたり合わせても一万円だから」

「うん」

ほとんど恭介くんのお金だったけれど。お小遣いを毎月使い切る私に、手持ちはほぼなかったのです……

「電車だとそこまで遠くは行けない。でも、バスなら――」

そう言う恭介くんと手と手を取って乗り込んだのは、長野行きの高速バスだった。乗り込むときに、こっそり聞く。

「子供だけで、止められないかな？」

「堂々としてれば大丈夫」

言われた通り、顔を上げて胸を張って乗り込んだ。運転手さんは、ちらりと私たちを見ただけで何も言わなかった。

「莉子、こっちの席」

恭介くんに手を引かれて、バスの座席に座る。ふう、とひとつ深呼吸をした。

「しっかりしてる弟さんだね」

近くの席のおばさんに、そう言われる。そうか、身長差もあるし、姉と弟に見えているのか。

誤魔化すようにえへへと笑う私と、ふい、と窓の外を見る恭介くんと。

「……恭介くん？」

恭介くんは、なんだか悔しそうだった。幼く見られたからかな？

そのうちにバスは出発して、私は寝たり起きたりを繰り返して、何度かサービスエリアでも休憩した。高速バスなんて初めてですごく楽しかったし、何より久しぶりに恭介くんと手を繋(つな)いでいられることが嬉しくてたまらなかった。

恭介くんとなら、何も怖くなかった。

長野駅に着いてバスから降りると、私は恭介くんを見る。

「どこ行こう？」

「次は電車かな」

私たちはまた手をしっかり握り合って、路線図を見上げ適当に電車に乗る。

そんなことを繰り返してるうちに、とっぷりと陽が暮れてきてしまった。

私と恭介くんは、知らない街を歩き続ける。

「暗くなってきちゃったねー。どうしよ？　野宿？」

無邪気に聞いた私を、恭介くんはちらりと見てから「近くに神社があるみたいなんだ」と答えた。

「駅の観光案内に書いてあった。多分、大きな神社ではないから、人ももういないと思う」

「忍び込むの？」

私はちょっとウキウキして答えた。なんか、探検みたい！

笑顔の私を見て、恭介くんは少し目を瞠る。それから頷いた。

「そ、忍び込む」

「わるーい……っと、嘘！」

ぽつりぽつり、と雨が降ってきた。

「さ、さっきまで晴れてたのに！」

「急ごう！」

私たちはぎゅうっと手を繋いだまま、走って、走って、その神社に辿り着く。

古びた小さな神社の本殿に、私たちはこっそりと入った。恭介くんがぱちりと懐中電灯を点ける。

「おじゃましまーす……」

古いけれど掃除の行き届いたその神社は、なかなかに居心地が良さそうだった。

強くなった雨の、屋根に打ち付ける音が本殿内に響く。

「莉子、大丈夫か」

「何が？」

「びしょびしょで、……服」

「ああ」

私は自分を見下ろす。このままだと風邪ひいちゃうね。恭介くんもおんなじだ。

「俺あっち向いてるから、着替えよう」

「うん」

お互い反対を向いて、服を着替えようとして……私は呟（つぶや）く。

「どうしよう、着替え、濡れちゃってた……」

雨がカバンに入り込んでいたのだろう、なんだかしっとりしてしまっていた。べしょべしょじゃないだけマシかな？　と悩んでいると、ぱさりと乾いた何かが飛んできた。

「わぁ」

「俺の、濡れてないから。それ予備の」

「いいの？」

乾いた長袖のTシャツとジャージ。嬉しいけど、入るかな？　って少し考えちゃったのは、私のほうがよほど背が高かったから。

幸いにもギリギリ入って、人心地つく。

「ありがと。さっぱりした」

「うん。……あっ！」

こっちを向いた恭介くんが、真っ赤になって反対を向いた。とんでもない勢いだった。

私は首を傾げて――さすがに気が付く。小さめの恭介くんの服だと、幼いふくらみかけの胸がものすごく強調されてしまっていた。

「……わあ！」

慌ててばっと三角座りをして、苦笑いを浮かべる。

「ご、ごめんね。これでもう見えないよ」

「……っ、うん」

恭介くんは少し戸惑いながら、私の横に来て座った。お互いの体温を分け合うみたいに、寄り添ってくっつく。

その体温が、雨で冷えた身体にあったかい。

「……今頃、莉子の親御さん心配してるな」

「オヤゴさん？　親のこと？　大丈夫、書き置きしてきた」

「書き置き？」

「恭介くんと〝どこでもないどこか〟まで逃げますって」

恭介くんが噴き出した。

「ポエミー」

「最初に言ったの、恭介くんだよ！」

唇を尖らせて怒ると、恭介くんは「ごめん」って笑った。

そのまま本堂の壁に寄りかかる。普段だったらとても眠れる環境じゃなかったと思うけれど、長距離の旅に疲れていたのか、あっという間に眠りに落ちていた。


ふ、と目が覚めると身体が熱くて、痛くて、苦しかった。

「……莉子？」

少し焦ったような、恭介くんの声。

「……あれ？　ここどこ？」

出した声は変に掠れていた。フワフワした頭で考える。……あ、そっか、ここ、〝どこでもないどこか〟だ。

懐中電灯の灯りで、薄暗い神社の中の様子が見えた。

私たちはふたりでくっついて、座ったまま眠っていた。

「きついか？」

「んー……ごめんね？　起こして」

「いいんだ。……莉子、熱、が」

私の額に、恭介くんの小さい手が触れた。その冷たさが心地よい。

「……帰ろう」

恭介くんが唇を噛み、言った。

「なん、で？」

「こんな状態の莉子を連れていけない。駅前に交番があったから、あそこから親に連絡してもらおう。病院にも行こう」

恭介くんは立ち上がる。

まだ、外は暗い。でも雨はすっかり止んだようだった。

「すぐに行ってくるから」

「……っ、待ってっ！」

私は恭介くんの手を握る。

「やだ、置いてかないで、こんな暗いところに」

「莉子」

「こわいよ」

熱で気弱になっていた、ってこともある。それに……なんだかどうしても、恭介くんと離れたくなかった。暗がりの中で、恭介くんが頷く。

「分かった」

そう言って恭介くんが「莉子をおんぶする」なんて言い出したから、私は慌てて首を横に振る。

「そ、それは無理じゃない？　恭介くん、潰れちゃうよ」

「潰れない。……俺、男だから」

「関係ないよ。私のほうが大きいし」

「それこそ関係ない。ほら、置いてくぞ」

「……っ、うん」

私は恭介くんの背中におぶさる。ふらつく恭介くんと、熱でふうふう言ってる私。

恭介くんの小さな背中はとってもあったかくて、居心地が良くって、私はとろりと眠りに落ちた。

気が付いたら病院だった。輸液ポンプと、揺れる点滴の管がやけにまぶしく見える。

お母さんとお父さんが私を覗き込み、ほっとした顔をした。お母さんの目は真っ赤だった。急激に申し訳なさが襲ってきて、泣きながら「ごめんなさい」を繰り返す。

怒られると思い身を縮めたけれど、抱きしめられるばかりでまったく怒られなかった。

「恭介くんは？」

しゃくり上げながら聞く。

「元気だよ。今は寝てるね」

お母さんのその言葉に安心して眠る。

翌朝には退院して、お父さんの車で家に帰った。まだ熱がある私はまた眠って……熱が下がった頃、恭介くんがもう転校してしまったことを知る。

ポロポロ泣いてる私の頭を、お母さんはずうっと撫でていてくれた。

「どうした、莉子。……やめておくか？」

低くなった、今現在の恭介くんの声にはっと目を上げる。

どうしてだろう、すっかり忘れていた、私と恭介くんの〝どこでもないどこか〟を探す旅。

私を見つめるまなざしは、あのときと変わらない。

その瞳を見つめているうちに、気が付けば微笑みを浮かべて小さく、けれどしっかりと頷いていた。

「ん、よろしく……お願いします」

恭介くんが目を細めた。どこか安心したような表情に見えて、なぜだろうと不思議に思う。恭介くんはその顔のまま「ただ」と口を開く。

「ひとつ約束してほしい」

恭介くんはそう言って大きく息を吸ったあと、じっと私を見つめた。

「俺とそういう関係でいる間は、他の異性との性的な接触は厳に慎んでもらいたい」

「げ、厳に慎んでまいります……」

勢いに押されるように返事をすると、恭介くんは頷いた。それから腕時計を確認して「帰るか」と小さく言う。

「また食事にでも行こう。相変わらずハンバーグが好きなのか？」

「ハンバーグ……？　恭介くんの中の私、一体何歳なの？」

自分だってまだ十歳の恭介くんを引きずっているくせに、棚に上げてそんなことを言うと、恭介くんはきょとんとしたあと、「ふはっ」と噴き出して目を細めた。

「悪い。で、どうなんだ？」

「……まあ、まだ好きだけど」

大好きだけど、ハンバーグ。

そう答えると、恭介くんは肩を揺らして笑った。ああ、笑い方は昔の恭介くんのままだ。その事実が、泣きたいほどに嬉しかった。

なんでだろう。抱かれたいって思ったり、ささいなことが嬉しかったり、一体どうしちゃったんだろう、私。

「職場の近くにうまい店があるんだ。今度連れていく」

「ありがと……っていうか、帰るの？」

「ん？　ああ、もちろん送っていく。家、どのあたりだ？」

「そうじゃなくて……明日も仕事？　そういえば土曜日なのにスーツだね、恭介くん」

「いや、明日は休みだ。今日はこのあたりでちょっと仕事が……」

恭介くんは訝（いぶか）しげな顔をして眉を上げた。

「まさか、莉子」

「え、やだ？　さっきのセフレ云々（うんぬん）の話、嘘？」

「っバカな、本気だ」

恭介くんはやけに焦った顔で身を乗り出してくる。私はにっこりと微笑んだ。本当は緊張で手の先がちょっと冷たくなっていたけれど、でも余裕っぽく表情を作って。

「なら、エッチしよ？　恭介くん」

恭介くんはしばらく呆然としたあと、ぐっと眉を寄せた。

何か決意でもしたような、そんな表情だった。


「恭介くんって検事さんなの？　それってアレだよね、逮捕された人を起訴するお仕事」

「まぁおおむね、その認識で問題ない。捜査権や逮捕権があったりもするが」

「昔から正義感強かったもんねー」

「そうかな」

不思議そうに言う恭介くんに、私は笑う。この人はナチュラルに、そういう人だった。昔から。

「ほら、クラスでいじめがあったとき。私の友達がいじめられてたでしょ？　あれ、助けてくれた」

「……俺は、莉子のほうがカッコいいと、そう思って見ていた」

きょとん、と私は恭介くんを見上げた。カッコいい？

「莉子は彼女を裏切ろうと思えば裏切れた。いじめる側に回れば、莉子も嫌な思いはしなかっただろう？」

「え、それ嫌な思いするじゃん。友達いじめるほうが嫌な気持ちになるんじゃない？　ヤダ。そんなのしんどい」

　私が反論すると、恭介くんは少し目を瞠って、それから頷いた。

「……その通りだ」

「でっしょー？」

　あはは、と笑うと恭介くんが少し目を細める。なんだかそれがやけに照れてしまって目線を外す。さっきからこんな感じ。

「へへ……」

　そして照れ笑いする私を、恭介くんは生真面目な顔でじっと見つめてくる。それが余計に気恥ずかしくて……！

　どうしてこんな雰囲気になってしまっているかというと、ここが恭介くんのベッドの上だからだ。寝心地のよさそうなマットの上で、お互いなぜか正座で向き合っているという、謎の状況ができ上がっていた。

　恭介くんはバーで何度か『本当にいいのか』とか『後悔しないいな？』なんて意思確認をしたあと、私の手を引いて自分のマンションまで連れ帰ってくれた。

　単身用っぽいそのマンションは綺麗に片付いてて、……というか超絶シンプルだった。最低限の家具家電と、大量の本が詰まった本棚。目立つのはそれくらい。

　驚いたと同時に、あまりにも恭介くんらしくて笑ってしまった。小学校のときも、ランドセルも机の中も整理整頓されていたから。

そんな恭介くんの家でシャワーを借りて、恭介くんのスウェットも借りた。すごくぶかぶかで、改めて恭介くんは大きくなったのだと、大人の男の人なのだと感じて、少しドキドキしてしまった。

『り、莉子!? なんでベッドに』

恭介くんがシャワー浴びて戻ってきて、開口一番にそう叫ぶ。まだ髪の毛もちゃんとは乾かし終わってないようだった。

『ち、違うの? ヤるんじゃないの?』

『ヤるだなんて、そんな直接的な言葉』

恭介くんがぐっと眉を寄せた。さっき飲み屋さん街でも見て、それから小さな頃も何度も見たことのある表情はアレです——そう、説教モードだ。

『で、でも恭介くん。他になんて言えばいいの。エッチ? セックス?』

恭介くんは難しい顔をしてベッドに乗ってくる。ドキッとして身を硬くしたけれど、かといって押し倒してくる雰囲気ではなかった。そんなわけで正座で向かい合っていたところ、恭介くんがふと『とりあえず俺は怪しい者じゃない』とか変なことを言い出した。

『ん? 知ってるよ。宗像恭介くん』

『いやそうではなくて……十七年ぶりなんだぞ、少しは警戒してほしい。そのうち壺とか買わされるぞ』

『えっ、なんで私が壺買わされたこと知ってるの?』

『……!』

めちゃくちゃ驚いた顔をされた。そんなに驚愕しなくたって！

『冗談冗談。さすがにないよ』

『……あり得そうで怖い』

連れ込んでおいてなんだが、と恭介くんはベッド脇に置いてあった鞄から名刺入れを取り出す。

そうして受け取った名刺には「京都地方検察庁検事　宗像恭介」の文字。

『えーっ、超お堅い仕事してるね』

イメージ通り、ぴったり。ふふ、と笑いながら、彼のお父さんが弁護士さんなのも今のお仕事に関係あるのかなあ、なんて思ってしまう。

そこから『それってアレだよね、逮捕された人を起訴するお仕事』に繋がる。

「恭介くん、誘っておいてなんだけど……私たち、エッチな雰囲気になれないんじゃ」

空気感がいたたまれなくて、私は眉を下げて言ってみた。

確かに恭介くんに抱かれたいと思った。思ったけれど、それは私だけのことだったんじゃ……実際に恭介くん、指一本すら触れてこないし。

「あの、無理そうなら……」

「そんなこと言ったか？」

恭介くんはそう呟き、私の手の甲に口付けた。触れられたところがひどく熱く感じて……ぶわり、とその熱が頬まで来てしまった。

わ、私多分、今とんでもなく顔が真っ赤なんじゃないだろうか。

「ひと言でも言ったか？　俺がお前を抱きたくないって」

私は耳たぶまで熱に支配されながら、ぶんぶんと首を横に振った。恭介くんはそんな私を見てフッと頬を緩(ゆる)める。

「……可愛い」

恭介くんの掠(かす)れた低い声に耳を疑う。可愛い？　私が……っ？

ドキドキしすぎて固まった私の頬を、彼はゆっくりと撫でた。それは慈(いつく)しむような触れ方で、次は私をぎゅっと抱きしめてきた。

大切なものみたいに。宝物みたいに。

そんなふうに抱きしめられドキドキで心臓が爆発しそうになったまま、私は考える。セフレってこんな感じなの？　こんなに丁寧な触れ方をしてもらえるもの？　蓮からだって、こんなに繊細に触れられたことはない。

やっぱり恭介くん、すごく優しそう。遊び慣れている……とは、彼の性格からしてあまり思えないのに。ただ恋人はひっきりなしにいただろうし、それなりに色々経験してきたに違いない。

そう考えたとき、胸の奥で何かがチリッとひりついた。何、これ？

私が彼の腕の中で首を捻(ひね)っている一方、当の恭介くんは私を抱きしめたまま動かない。

「……恭介くん？」

声をかけると、彼は「ふう」とひとつ大きく息を吐いて、それから私を覗き込む。

「莉子。キスしても構わないか？」

いちいちそんなことを聞いてくる恭介くんの唇に、私はちゅうと唇を重ねた。

恭介くんは驚いたように固まったあと、私の後頭部をその大きな手で支えるようにしながら、食べてしまうみたいに深くキスをしてくる。

誘い出される舌と、蹂躙される口内と、恭介くんの熱い手と。

恭介くんの舌って、結構分厚いんだ……蕩けそうになる思考の中で、ぼんやりとそんなことを考えた。大人になってからしか、分からないこともある。

「ん、ふっ」

息とも喘ぎともつかない声が零れた。ちゅくちゅくと舌が擦り合わされ、搦めとられ、甘く吸われる。

「は、ぁ……んっ」

苦しくて、うまく息ができない。

なのにそれが心地よくて、とろんと身体から力が抜けていく。

ぽすり、とふたりもつれ合うようにしてベッドに倒れ込んだ。じっと私を見つめる恭介くんの瞳は、信じられないくらいにまっすぐだった。

時が止まったかのように、あたりの音が掻き消えていく気がした。

恭介くんしか、見えない……

「莉子」

ただ、名前を呼ばれて。

「恭介くん」

ただ、名前を呼び返した。

もう一度重なる唇と、入り込んでくる分厚い舌と、少し迷うように私の胸に触れてくる大きな手。

恭介くんが唇を離すと、つう、と銀の糸が続いた。それをぺろりと舐め取られる。

やわやわとした、乳房へのスウェット越しの刺激にお腹の中が熱くなる。

蓮と別れたばかりなのに、幼馴染に触れられてきゅんきゅんと感じている、私の身体。

お腹の奥が切なく燻って痛いくらいだ。とろとろと身体から淫らな水が溢れそうになるほど、本能が疼く。こんな刺激じゃ足りないって。もっともっともっと、彼にイヤらしいことをしてほしくてたまらない……！

「恭介く、ん……ちゃんと触って？」

熱い息が漏れた。

恭介くんが息を呑むと、それに合わせて男性らしい喉仏が微かに動いた。彼はするりと私のスウェットを胸の上まで上げる。空気に触れて、少し冷たい。そこに直接、恭介くんの熱い手が触れた。

「ぁ、……ッ」

欲しかった刺激に、思わず高い声が漏れ出た。その声を聞いた恭介くんがぐっと眉を寄せる。

「や、……ッ、私、何か変……？」

「なんで？」

「だって、私、元カレしか知らないから……だから、喘ぎ方とか変なのかもって……」

恭介くんはじっと私を見つめたあと、「少し変かもしれない」と呟いた。私の先端を、きゅっと摘んで。

「ぁッ、ふぁ……んっ……」

変だ、って言われたのに喘ぐのを我慢できない。涙目で恭介くんを見上げて「どこが変？」となんとか聞く。

「どこ？」

「う、ん……やあっ、そんなふうに触るの、だめ……」

摘まれたままぐにぐにと指の腹で擦り合わされ、きゅっと潰される。

「あ！」

「……どこ、か。自覚がないのが莉子らしいし、君の元カレは世界一バカだと思う」

「ツ、やぁあんっ」

ぺろり、とその先端を舐められた上に甘噛みされ、思わず腰が浮いてしまう。あさましく快楽を追う私に、恭介くんのやたらと甘い声が落ちてきた。

「変だ。……ものすごく、可愛すぎる」

「それって、どう、いう……っ、ぁ、あ、あ……ッ」

ぐにぐにと形が変わりそうなくらいに乳房を揉まれたかと思えば、反対側の先端を恭介くんの舌で突かれ、温かな口の中でくちゅくちゅと弄ばれてしまう。

記憶の中の十歳の男の子と、今私を翻弄してる二十七歳の男の人が、頭の中でぐちゃぐちゃに溶けて、私の身体も同じように蕩けていく。

「あ、あ、あ、いや……」

恭介くんは顔を上げ、ただ翻弄される私の頭を撫でた。

髪の毛をさらり、さらりと撫でるその手つきは、さっきから変わらず慈しみ深いもの。

「莉子。下、触るぞ」

いいよな？　と私の耳元で囁かれた声はとっても熱くて、背中までゾクゾクしてしまう。

恭介くんも興奮してるのかなって思うと、余計になんだかドキドキした。

鼓膜に鼓動が妙に煩く響いて、するりと脱がされていく服が焦れったい。

恭介くんの綺麗な、でも節の高い男性らしい指が私に触れた。くちゅっ、と音がして、顔から火が出るかと思うほど恥ずかしい。だから声を我慢したのに、ゆっくりと挿し入れられると、もうだめだった。

「あ……」

自分から零れた、どこか媚びるような上ずった声。たった一音なのに、とてつもなく恥ずかしい部分を恭介くんに知られてしまったような気分になる。

恭介くんはじっと私を見つめ、それから深く息を吐いた。その双眸はギラギラしていて、思わず目を瞠った。お互い無言で目線を交わしたまま、彼の指が少しずつ、深く埋め込まれていく。

ゆっくりと動くそのもどかしい指が、私の感じるところに触れた。浅い恥骨の裏側あたりを、きゅっと押し上げる。

「ぁ、や……ッ」

腰に電流が走ったみたいに、過剰なほどに反応してしまう。ぐちゃぐちゃだったナカが更に蕩けて、どろどろに溶けていく。

「ここ？」

「……ん……ッ」

零れそうな声を、両手で口を押さえて必死にこらえる。どうしようもなく甘えて蕩けた声だ。羞恥心で死にそう……！

どうしよう私、幼馴染に喘がされてるっ……

今更だけど、すっごい今更だけど、恭介くんとシてる！

とってもイヤラシイことを！

机を並べて一緒に音読とかしてた、恭介くんと！

給食のデザート、じゃんけんして奪い合ってたのに！

「はあ、あ」

勝手に涙は浮かんでくるし、でも気持ちよさに抗えなくて腰は動くし、声は出ちゃいそうだしでもうめちゃくちゃだ。

「莉子」

「ッ、ん、ふぁ……ん、ヤダっ、ダメぇっ」

口を押さえてた両手を、恭介くんに軽々と片手で外される。

「ヤダ、……ッ声っ、漏れちゃう……ッ」

「聞きたい。聞かせて」

そう言う彼の声は、低く掠れているのにとても甘い。子宮を鷲掴みにしてくる、官能的な声音だった。きゅうっと彼の指を締め付けてしまうと、ふ、と恭介くんが笑った。

「莉子、これ気持ちいい？」

恭介くんの指が増やされて、ぐちゅぐちゅとナカをかき回される。

「ひゃ……ッ、きょーすけく……んっ、あっ、あ、ッ、や……んっ」

甘く喘いでしまう箇所を擦りながら、攪拌してくる彼の指。触れられるところ全ての神経が剥き出しになったかのような快感だった。私のナカはうねりながら悦び、とろとろに蕩けて淫らな水を溢れさせる。

「っ、は……可愛い声」

薄く笑った恭介くんを見て、私は息を呑む。

こんな表情、初めてだったから——男の人の顔をしていたから。

ぐちゅぐちゅとかき回されるたびに、ぞくり、と腰骨から背中にかけて快楽が電流のように駆け上がる。

「んぁ、あ、あ、きょーすけ、きょーすけくんっ」

あまりの快楽に、舌がうまく回らない。

「ダメ、だ……めっ、イく、っ、ヤダ、ヤダぁ……っ」

私は声もイくのも我慢できなくて、派手に喘ぎながら、ぽろぽろと涙を零して恭介くんの指を切なく食いしめた。肉厚な粘膜が悦楽に震え、きゅうきゅう、と収縮しているのが分かる。

「……指、食いちぎられそう」

恭介くんは、あの笑顔で言った。——男の人の、貌。

「んっ、はぁっ、ごめん……」

「なんで謝るのか分からない」

ちゅ、と涙を唇で吸われた。

「俺がそうさせているのに。感じてくれて、すごく嬉しい」

「……ん、っ」

恭介くんは少し身体を離して、着ていたスウェットをさっと脱ぐ。

思わず見つめてしまうほど、男らしい身体。

腰のラインがすごく綺麗で、ちゃんと筋肉もあるのに……いや、あるからこそ引き締まってる？

どうなんだろう……

「……莉子。見つめすぎ」

「わ、わ、ご、ごめん」

謝りながら、照れてしまっている恭介くんから目を逸らす。私も妙に照れてしまって、頬に熱が集まる。

恭介くんはさっきここに来る途中、コンビニで買ったコンドームの箱を開けた。

それをつけている恭介くんのを、またもや私は凝視して黙り込む。……入るよね？

……え、大丈夫？　私死なない？

「どうした？」

「いいえぇ……」

私はもごもごと言いながら覚悟を決める。うん、女は度胸だ。なんでもチャレンジだ。

「ばっちこい！」

「なんだそれ」

恭介くんは噴き出し、私をじっと見つめた。

「なあに」

「莉子。俺は」

さらりさらり、と私の髪を撫でながら彼は続ける。

「中途半端な覚悟で、君を抱くわけじゃない」

「……覚悟？」

ぽかんとしてしまう私に、恭介くんは苦笑してみせる。

「分からないなら、いい。……分からないで、いい。ただ」

恭介くんは私の唇に、甘噛みするようにキスをひとつ落とした。

「俺に抱かれていればいい」

「……っ、ふぁ、……んッ！」

ずぶり、と挿入ってきた彼の熱の圧に、私はくぐもった甘い声を上げた。無理、おっきすぎる、入んない……っ。

「んぁ……っ、おっき、……ぃ、ヤダ、無理……っ」

「入るから。……力、抜いて。莉子」

宥めるように優しくキスをされ、私はほうと息を吐いた。

「いい子」

恭介くんがそう言って私の頭を撫でてくれた。肋骨の奥で、鼓動が切なくきゅんと跳ねる。

何これ？

でもそんなふうにきゅんとしたのがよかったのか、私のナカはぐちゅりとぬるついた水音を立てて、彼のものを最奥までみっちりと咥え込んだ。

「ほら、……入った」

「……う、んっ」

「きつい？」

「大丈、夫」

「ゆっくりするから……というか」

恭介くんは静かに息を吐く。

「こんなに気持ちがいいと、動いたらすぐ俺、イってしまいそうで……久しぶり、だから」

「え、ぁ……っ」

恭介くんすごくイケメンなのに久しぶりなんだ〜、だなんて少しズレたことを考えてしまった瞬間、恭介くんが動き出す。抜ける寸前まで腰を引いたかと思えば、ずぶりと肉襞を引っ掻いて奥まで貫く。その動きはもどかしいほどゆっくりで、それがかえって彼の昂りの熱や形を伝えてきた。

まるで、教え込むみたいに……

ナカはきゅんきゅんとうねり、彼を悦んで締め付けた。

「ん、あっ」

「莉子、すげーやらしい顔してる。可愛い……」

恭介くんがぼそっと呟いた。

彼から発されたとは到底思えない、糖度の高い声だ。その言葉の意味を考える間もなく、私の蕩けた肉襞が蠢いて彼に吸い付いた。

「……っ、莉子」

はあっ、と恭介くんが荒く息を吐く。

「ずるい、ずるすぎる……くそ、無理だ、可愛すぎる……っ」

掠れた声が降ってきたかと思うと、一気に抽送が激しくなる。ひどく濡れた淫らな水音を伴い、さっきまでただの幼馴染だった彼の硬くなった熱が、ずるずると私の身体の中を動いている。

恥ずかしすぎてそんな音聞きたくないのに、鼓膜を震わせるたびに興奮して、ドキドキして、気持ちがよくて仕方ない。

「……んっ、ふぁ……ッ」

恭介くんが私の腰を持ち、深くグラインドするように最奥を突き上げてくる。

声も上げられないほど深く貫かれ、私は酸欠の金魚みたいに口を開き、あっさりと達してしまう。

「あ、……ぁ」

「莉子、イった？」

恭介くんがやけに優しい声色で言った。おずおずと頷く私に、彼はいっそう蕩けた表情を向けてくる。

「よかった。ここ強くされるの、好きなんだな」

もっとしようか、と彼はさっきと同じように動き出す。

その姿があまりにも綺麗に見えて、私は思わず名前を呼んだ。

「恭介、くん……」

「どうした？」

痛かったか、と心配そうにしている恭介くんの腰に、私はつつ、と指を滑らせた。

「……っ、莉子？」

「きれーだなって、……腰」

女の人の腰のラインとは、全然違う。

きっちりとした筋肉に保持されたその腰に、私はもう一度触れ——るはずが、唐突に与えられた快楽に、あられもない声を上げた。

恭介くんが、さっきよりもいっそう強く腰を打ち付けてきたのだ！

「あ、あ、あ……っ」

再び達してしまった私のナカは、きゅんきゅんと恭介くんを咥え込んで蕩けてうねる。

「……っそんな、ことをするからっ」

は、と荒い息を吐き出して、恭介くんは更に腰の抽送を強めた。

「ダメ、ダメ、ダメぇっ、恭介、く……っ！」

「……ッ、悪い莉子、一度イく」

部屋に響き渡る淫らな水音と、ぎしぎしと軋むベッド。

「……は、ぁ……ッ、イく……んっ」

「莉子、莉子……っ」

噛み付かれるようにキスをされて、ぐちゃぐちゃに口内をかき回される。

喘ぎたいのに、うまく息ができなくて……酸欠なのか、頭がくらくらした。

そんな状態のまま、与えられた快楽に私はほとんど無抵抗に、イく。

狂おしく締め付けるそのナカで、薄い被膜越しにびくんびくんと恭介くんのが脈打ったのが、飛びかけている意識でも分かった。

よかった、恭介くん、私でイってくれたんだ……

私はとろんとしたまま、そんなことを考えて——

そのままとろんと、眠ってしまったのでした。

二章（side 恭介）

だって、君がそんなふうに色んな人に玩具みたいに抱かれるくらいなら。

俺が抱いたほうがいいと思った。

少なくとも、俺は君が好きだから――君を傷つけたりは、しないはずだから。

「というわけでして」

「いや、月曜朝イチにそんな濃い話をされても……要はずっと好きだった初恋の女性とお付き合いすることになったんだよな？　おめでとう」

「いや付き合ってはないです」

俺は首を横に振る。

残念ながら、……そう残念ながら、決して莉子が彼女になってくれたわけではない。

莉子と過ごした濃厚すぎる土日はあっという間に過ぎ去り、やってきたどこか気だるい月曜日の朝。

地下鉄の駅から検察庁が入る合同庁舎への道中、たまたま一緒になった先輩にそんな話をした。

ひとりで抱えるには、切なくて苦しくて、嬉しすぎたから。

「でも、昨日も一日中一緒にいたんだろ？　それ、お前付き合ってるよ」

「しましたけど、付き合ってはないです。竹下さんにはないんですか、そんな経験は」

「ないなあ。若いヤツの考えが分からん」

竹下さんは首を傾げた。

だから、俺はかい摘んで……莉子のプライベートには触れないようにしながら、事情を話す。

「ふーん？　よく分からんけど、とにかく彼女のほうは恋愛はしたくない、と」

「そうです。ですので、そういった交際とはまた別のものに当たるかと」

「そんなもんかね。え、つうか……まさかお前、十七年も初恋引きずってたの？」

軽く引いた顔をされてしまった。俺は苦笑して肩をすくめる。

「いや、うっすらと好きというか、そんな感じだったんです」

どんなふうな大人になっているかな、と時々思い返すくらいの、甘酸っぱい思い出の中にいる初恋の女の子だった。

「分からんでもないけど……ポエミーだね、お前。無表情なくせに」

「……失礼な」

「恋愛とかしてなかったの？　今回が脱童貞なの？」

「いえ、それは……してましたけど」

俺はさらっと過去の恋愛話をする。

あまりいい思い出ではない。普通に恋して、付き合って……いるつもりだった。少なくとも俺は。

だけど、独りよがりの恋愛ごっこに過ぎなかったのだろう。だから最終的には、いつも振られた。

『誰か他に、好きな人いるよね？』

そんなふうに振る舞っていたつもりはなかった。大切にしていたつもりだった。

けれど、交際するほど近しい距離にいると何かしら勘付くものがあるらしい。

好きな人？

……思いつくのは、莉子だけだった。

『ねえ初恋引きずりすぎ。ぶっちゃけ、気持ち悪いよ？』

『多分、恭介はね、その子に理想を押し付けてるだけ。もう何年も会ってないから、どんどんその子に理想が重なっていって、理想の女の子を自分の頭の中で作ってるんだよ』

ぐうの音も出なかった。

「で、実際のとこ、その子は理想の女性に成長してたわけ？」

「全然」

俺は端的に答えた。

「俺の理想の莉子」は酔っ払って知らない男に拉致されそうになっていないし、彼氏にフラれたからといって男遊びをしようなんて決意はしない。

「けど、そんな理想を打ち破るほどに、彼女はそのままでした」

「なんだそりゃ」

「今現在の彼女に、惚れ直したってだけです」

惚れ直した、……は何か違うな。

惚れた。

単純に、今の彼女に、鮮烈なほどに恋をした。

「フォーリンラブです」

「顔に似合わない言葉を吐くんじゃないよ」

「だから、今苦しいんです。すごく」

「苦しい？」

「今後、業務に支障をきたす可能性があります。ので、ご相談しております」

「……話が遠回りだったけど、なるほど。相変わらず生真面目だね、お前。もう少し気楽に生きたら」

竹下さんは首を傾げた。

「で、要は好きな子がいるけど落とし方が分からない？」

「それとはまた違う気も……彼女には恋愛するつもりがないので」

「そのつもりにさせたらいいんじゃね？」

俺は立ち止まる。ぽかん、と竹下さんを見つめていると、ふわりと春の風が吹いていく。

「今、お前は彼女を独占できる立場にあるわけだ」

「はい」

「ならそれ利用して、自分に惚れさせてやれよ」

「できるなら相談してません」

「できるできないじゃねーよ、やれっつってんの。つか、脈あるって。絶対」

再び歩き出しながら、俺は小さな声で聞いた。

「……あります？」

「ある。その子なんだかんだ言って、好きじゃなきゃセックスできないタイプの子だよ」

「……そうでしょうか」

莉子が「男遊び」を決意したのは、今となれば自傷の一種に近かったように思う。

今更ながらに気が付いた。俺は彼女を傷つけたくなくて抱いたつもりで、実際は傷つけたかったのだ。もし彼女に消えない痕を残せるのなら、それは俺がよかったんだ。

付き合ってすらいないのに、信じられない独占欲だ。自分で自分に呆れてしまう。

「今、その子、恋愛怖いんじゃねーかな」

竹下さんが目を細め、呟くように言った。

「怖い？」

「多分だけどな。だから、まぁ少ーしずつ距離詰めて、気が付いたらバージンロード歩いてましたみたいな展開に持ってってったら？」

まぁバージンじゃないんだけどさ、と彼は言い添えた。余計なお世話だ。

「……できますかね」

「それはお前の努力次第」

やがて庁舎が見えてくる。耐震補強の鉄骨がついた、茶色く古い建物だ。

「為せば成る、か」

「成らぬは人の為さぬなりけり、だからな。ま、頑張れよ」

ぽん、と背中を叩いて、竹下さんはさっさと庁舎に入っていく。

ふう、と軽く深呼吸すれば、暖かい春の風が肺に入り込んできた。

「……ヨシ」

気合を入れた。どうせ十七年引きずりまくっていたんだ。ここで莉子を逃せば、多分一生、引きずる。死ぬ間際、莉子に会いたくて苦しくて後悔しながら死んでいく自信がある。

なら、後悔なんかしないように。

もう、あのときの……小学校を転校したときのような思いはしたくない。

だから、絶対に莉子を落としてみせる。

「……できるかな」

決意と裏腹、気弱な独り言は、春の風に散っていった。


爽やかな風が、古都の街を吹き抜けていく。

「あ、見て、恭介くん。あれ、京都タワー」

「思ったよりも見晴らしがいいな」

翌週の週末。莉子を誘ってやってきたのは、京都といえば定番だろう清水寺だった。幸いなことに、京都にはデートスポットが山ほどある。惚れてもらうならまずはデートを重ねるべきだろうと考えた結果、とりあえずはメジャーどころから押さえていくことにした。

「そういえば、恭介くんってずっと京都なの？　転校先は仙台じゃなかった？」

「……覚えていたのか」

俺は軽く眉を上げた。再会したとき、莉子はすっかり俺のことを忘れていたように見えたし、実際俺がいなくても元気にやっていたのだろうから……と、これは少し拗らせすぎか。

「やだな。ちゃんと恭介くんのこと覚えてるよ？　幼稚園からの付き合いだったし」

「俺も覚えてる。莉子が水路に落ちたこととか」

そう言うと、可愛らしく莉子が首を捻る。俺は唇を緩めながら、そっと彼女の耳元に唇を寄せた。

「ぱんつ丸出しで」

莉子が顔を真っ赤にして俺を睨む。思わず肩を揺らした。可愛すぎて死ぬ……！

「あ、あれは恭介くんの帽子を取ってあげようと……っ！　当時は私のほうが大きかったからっ。ていうか小二の出来事！」

「俺、小さかったからな」

実は当時、結構悩んでいた。だが、中学から身長がめきめき伸びたのだ。

「私、すべり台から飛び降りて怪我したこともあったね」

俺は苦笑する。莉子を抱き留めるつもりが、思い切りこけたのだが、なぜか俺は無傷で、莉子だけ膝を擦りむいた。

「それにしても、本当に背が伸びたねぇ。どれくらい大きくなったの」

莉子が感慨深そうに聞いてくる。

「最近の健康診断で、百七十九・五」

「えー、大きくなっちゃって」

「どの立場だ」

思わず苦笑した俺を覗き込み、莉子は柔らかな声音で告げる。

「あの日のことも、ちゃんと覚えてるよ」

「あの日？」

「恭介くん、覚えてない？　〝どこでもないどこか〟、一緒に探しに行ったでしょ」

胸に蘇(よみがえ)ったのは、当時の切なく甘い記憶だった。

「覚えてる。ちゃんと」

声が掠(かす)れる。覚えている。忘れるものか。鮮烈で強烈で、何重もの意味で甘かった逃避行。

「ま、私ってば最近まで忘れてたんだけどね」

莉子が微(かす)かにはにかんで笑う。どうしようもなく彼女を抱きしめたい衝動にかられながら、俺は笑顔を作り口を開いた。

「なんだ、やっぱり忘れてたのか」

「だって、思い出さないようにしてたんだよ」

莉子は軽く息を吸い込み、俺を見上げて訴えるように言う。

「……悲しくて、辛かったから。恭介くんに、もう会えないって思うのが」

ざあ、と風が新緑を揺らしていく。

「莉子」

俺は今、どんな顔をしているのだろう？　微かな震えが、彼女に伝わってやしないだろうか。

「寂しかったか？」

そう聞けば、即座に莉子は頷いた。

「寂しかったよ」

「うん。……ごめん。ずっと謝りたかった」

「何が？　どうして」

莉子が不思議そうな顔をする。俺はふっと笑って「連れ回してしまったから」と目を細めた。莉子は、はっと弾かれたように俺を見つめる。

「そんなことない！　楽しかったの。……あの、また行こうね」

「長野に？」

「じゃ、なくても……　〝どこでもないどこか〟」

「莉子」

思わず名前を呼んだ。あまりにも切なそうに、彼女が笑うから。

「恭介くん」

莉子の声は、いつだって福音のようにすら聞こえる。

帰りの車中で、こらえ切れずに貪るようにキスをした。

「ん、ふ、ぁ」

莉子の甘すぎる吐息。頭の奥がくらくらして、どうしても彼女が欲しくて欲しくて仕方なくなる。

俺はどんなときも冷静だと思っていたのに、莉子を目の前にするとあらゆる情動が止められない。

「莉子、今日……うち、泊まる？」

キスの合間にそう聞くと、莉子はうるんだ瞳で頷いた。

帰宅するなり、玄関先でドアに彼女を押し付けて唇を奪う。

腰骨を撫で、カットソーを押し上げてブラジャー越しにやわやわと乳房を揉む。

「ん、ぁ……」

とたんに莉子の声が甘く上ずる。ゾクゾクとした興奮で腰が疼く。何も知らないで俺に身を任せる莉子がかわいそうで不憫で、愛おしい。このまま俺のものにしたい。身勝手に振る舞って前後不覚になるくらいに蕩けさせて、責任取るから孕んでほしい。

「きょ、すけ……くん……？」

莉子が浅く呼吸をしながら俺を見つめる。

「ど、したの……？　あんまり見たことない目、してる」

「……どんな目？」

きゅっと下着越しに膨らみの先端を摘んで聞くと、莉子は高く喘いだあとに小さく呟いた。

「恭介くんに、食べられちゃいそう」

俺は思わず笑う。そうだな、俺は君を食べてしまいたい。髪の毛一本から、足の爪一枚一枚まで俺のものにしてしまいたい。

だが、莉子の瞳に浮かぶのは期待に蕩(とろ)けた情欲だ。

まあいい、今は。身体だけでも欲してくれたのならそれで十分。他の男にその肌を触らせないのなら、それで構わない。

俺は雰囲気を変えるように声音を少し明るくする。

「そういえば、莉子も大きくなったな」

「あ……っ、背？」

すっかり勃った先端を、ぐりぐりと乳房に押し込みながら言えば、莉子は少し自慢げに微笑んだ。こんなときなのに、その表情からはどこか健(すこ)やかさすら感じた。それに、彼女のつむじまですっかり見えてしまうくらい大きくなったのは、俺のほうだ。

「いや、胸」

莉子の耳元に口を近づけ、そう答えてから耳殻(じかく)に舌を這わせ、ぬるりと耳孔(じこう)に差し入れる。

「……ッ、ぁ……んッ！」

跳ねる身体の首筋に、噛み付くようなキスを落とす。痕が残るかもしれないけれど、構わない。きっと虫除けになる——

首筋を舐めてから唇を離した。俺を見上げる瞳に吸い寄せられるように、今度は唇にキスを落とす。

スカートをたくし上げ太ももに触れると、唇を塞がれたまま、くぐもった声で莉子が喘（あえ）ぐ。

クロッチをずらすと、触れた布がぐっしょりと濡れているのが分かって嬉しくなる。莉子が俺で感じてくれているのが、心の底から嬉しい。誇らしささえ覚える。

「それにしても、あれは目に毒だった。思春期入りたての男子だぞ」

「え、なに……？」

恥ずかしげに太ももを擦（す）り合わせながら莉子が首を傾げる。俺は笑って「長野で」と答えた。

「長野の寺で、莉子が俺の服着ただろ？　あれ、やばかった」

「……ん、っ、わざと、じゃ……」

「そういうのが余計に」

膨らみの先端をちろりと舌で舐めた。莉子があえかな吐息を漏らす。

くちゅ、とわざとらしい音をさせて、先端を口に含んだ。口の中で舌で転がし、甘く噛む。すると、莉子の吐息が上ずった声に変わる。

自分の息がひどく熱い。下半身に血が巡って痛いくらいで、自身の先端が濡れて下着との摩擦でぬるつく。早く最奥まで貫（つらぬ）きたくて仕方ない。莉子の肉襞、吸い付く粘膜を擦（こす）って思うさま貪（むさぼ）りたい。俺ので喘（あえ）ぐ莉子を組み敷いて見下ろして、俺のだとその身体に刻み付けたい……！

荒くなる息をこらえ、真っ赤になっている莉子の濡れそぼった入り口に指を這わせた。

「やぁっ、あ……ッ！」

触っただけなのに、莉子は腰を揺らして俺にしがみつく。可愛くてもっといじめたくなる。恥ずかしがらせてもっと真っ赤にさせて、感じさせて何度もイかせたい。

　莉子に対する欲求は尽きることを知らない。

「ここ、こんなになってる」

　指につけた液体を莉子の目の前に持っていく。感じている証拠である、とろりとした粘液。それがたまらなく愛おしくて、べろりと舌で舐めしゃぶってみせた。

「きょ、恭介く……！」

　莉子の耳朶まで赤くなる。なんて初心な反応なんだろう。胸がかきむしられるような恋慕が息苦しい。こんなに清純に見えるのに、莉子の「初めて」は俺じゃないなんて。

「莉子、……元カレとシてるときも、こんなだった？」

「え？」

　莉子はそう言うなり、少し黙る。

　俺は深く息を吐いた。分かってる。こんな質問したって、なんの意味もない。嫉妬したところで何も変わらない。莉子の綺麗さとか清らかさとか、そういうものは経験の有無となんら関係がない。ないと分かっているのに苦しくなる。悔しくなる。

　どうして俺は、彼女を捜し出さなかったのだろう。淡い初恋の少女――それだけで満足してしまっていたのだろう。実際目の前に現れた瞬間、理性なんかかなぐり捨てて盛ってしまっているというのに。

　莉子が口を開きかけた。何か言おうとした可愛い口は、ナカに中指を入れられ嬌声を上げる。

「は、ぁ……んっ」

蕩けた莉子の声。この声を聞いたことがあるのは、この地球上で俺だけじゃない。

「ものすごく、ムカつく」

言いながら指を増やした。濡れすぎていてふやけそうな指先に、ぎゅっと肉襞が吸い付いてくる。

「んっ、ぁあッ、なんでぇ……っ、私、何かした……？」

莉子が俺の首に腕を回す。もう立っていられないのか、体重をかけられた。子供の頃と違い、今なら簡単に支えられる莉子の重み。

「莉子じゃない。元カレ」

ぐちゅんと淫らな水音が空気を孕む。感じてうねる肉厚な粘膜は、溶けそうなくらい熱い。

ぐりっと指を動かす。入り口近くの少しざらついたところと一番奥とを同時に刺激すると、莉子は目を丸くして何度も瞬いた。

「や、だぁッ、きょー、すけぇっ、らめ、やめ……てぇッ!?」

「少し強いくらいが感じるくせに」

かり、と耳を噛む。ナカがきゅうっと締まって、イきそうなのが指に伝わってくる。莉子の肌はほんのりと色づいていて、最高に色っぽい。

「ゃ、ぁ、あッ、あッ、あッ、恭介、きょおすけっ、イ、くっ、イっちゃ……ぁ……！」

指が折れそうなほど締め付けられたかと思えば、莉子から淫猥な水が溢れ太ももを伝う。

「は……ぁ、……ぅ」

指を入れたままのナカは、とろとろに蕩(とろ)けて痙攣(けいれん)し続けている。好きな女をイかせた満足感は、自らの快楽よりも大きいかもしれない。

完全に力を抜いた莉子を抱え上げると、彼女は陶然(とうぜん)とした顔をして口を開く。

「恭介、くん……」

「ん？」

「元カレとのことね」

「……ん」

ベッドに優しく横たえながら、動く莉子の唇をただ見つめた。

「もうね、思い出せないよ」

莉子がそう言って俺に抱きついてくる。素直に甘えてくるその仕草に心臓がすとんと落ちる感覚がした。……これ以上好きにさせてどうする気だ。殺す気か。

俺は情動の赴(おもむ)くまま、莉子にのしかかって抱きしめる。莉子の匂いがする。温かくて柔らかな身体が腕の中にあるだけで、愛くるしくて息ができない。

「なにー、重いよ〜」

明るく言う莉子の声に、きっと友情以上の感情はない。切なくて痛いのに、どうしてか笑ってしまう。

俺はばさりと服を下着ごと脱ぎ捨て、ベッド脇の棚からゴムを取り出す。莉子が自分の服に手をかけたけれど、そっと押さえた。不思議そうなまなざしに微笑んでみせる。

「俺が脱がせたいから脱がないでくれ」

「恭介くんってさ、前も思ったんだけど割と変態さんだよね……？」

「そうかな」

そう答えながら、彼女の膝裏に手を入れ、ぐいっと持ち上げた。スカートの裾が腰までずり落ちる。俺は濡れて張り付いたクロッチの脇から、莉子の入り口に屹立をあてがう。先端が触れただけなのに、きゅんと吸い付いてくる健気な粘膜。どうしてこんなところまで可愛いんだろう？

「ん」

さっきまでの友情しか感じられない声から一転、あえかな女の甘える声が莉子から零れた。たまらない。

一気に奥まで押し入る。ぎゅうっと吸い付ききつく締まりながら、隘路は俺を受け入れる。

「あ……あっ、あっ、あっ」

ゆるゆると腰を前後させるたびに、莉子が声を上げた。もっと声が聞きたくて、腰の動きを速めた。抜ける寸前まで引いて、一気に奥まで貫く。悲鳴に近い、けれど明らかに快楽を内包した嬌声が彼女から零れる。同時にびくっと莉子の腰が揺れ、肉襞が屹立を締め付ける。軽くイってしまったらしい莉子が、浅く速く呼吸をして力を抜いた。

俺は再びゆっくりと腰を動かしながら、莉子のブラウスのボタンを外し始める。

「あ、あっ、あっ」

喘ぐ莉子は、果たして脱がされていることに気が付いているのか、いないのか。外し終え、ずれていたブラジャーはそのままに膨らみの先端を軽くつねる。

「やっ……！」

莉子の両ひざが自然に広がって、最奥がひくひくしながら吸い付いてくる。莉子の身体が快楽に反応して、孕もうと子宮が下がっているのが分かった。淫らな本能が、莉子の思考をぐちゃぐちゃにしているのだろう。快楽に蕩ける声に頭がくらくらする。

気が付けば、俺もただ本能に従って腰を振っていた。指と指を絡めてシーツに押し付け、ただ快楽を追って莉子を貪る。

はあっ、と荒い息を漏らしながら、ひたすら一番奥に自身を打ち付ける。ぎゅうっと締め付けてくる肉厚な粘膜の熱さに先っぽが溶けそうになった。

「あ――……っ」

莉子の声はもう掠れていて、かわいそうになってくるほどだ。胸が痛いのに、同時に死ぬほど興奮していた。もっと、もっと、もっと。

「う、あ、イってる、きょーすけ、く、待って……私、さっきから、イって……っ！」

「知ってる、可愛いよな」

最奥まできゅんきゅんうねって、入り口を強く食いしめて俺のを抜かせまいと必死だ。

「ほんと、可愛い……」

動くたびにぬめった水音がする。かき混ぜられて白濁した、莉子から零れた粘液がぬるぬるしていて気持ちいい。

「あ、あっ、あっ、あっ」

ナカ以外から完全に力が抜けた莉子は、揺さぶられるがままだ。とろんとした瞳に、うっすらと涙が浮かんでいる。そんな状態なのに、肉襞は健気に俺に吸い付いて蠕動（ぜんどう）する。

「莉子」

名前を呼ぶと、いっそうナカが俺を食いしめる。たまらなくなって、欲を吐き出した。小刻みに腰を動かし、全部、全部……と。

くてんと肢体をシーツに預ける莉子から出て、白濁を溜めた避妊具を捨てて莉子の頬に触れる。うっすらと開いた目元にキスをしてから、莉子のすっかり乱れたブラウスとブラジャーを外す。

「……あれ？」

莉子の顔に「嫌な予感がする」と書いてある。俺は思わず肩を揺らしながらスカートも下着も脱がせた。

「寝てていいから」

「う、うそつき」

詰（なじ）る莉子の目は、それでも期待の色が浮かんでいる。俺は彼女の期待にこたえるため、ゆったりと笑ってみせながら彼女の膝裏を押し上げた。

三章（side 莉子）

「よう菅原」

ぽん、と背中を叩かれたのは、オフィスが入ってるビルの一階のコンビニ。

なんだか気持ちが重い連休明けのお昼休み、真剣におにぎりを吟味している私の背中を叩いてきたのは、別の部署の男の先輩だった。確か、大川……英志さん。

大川さんはひとつ年上。役職は同じ「主任」だけれど、私と実力に差がありすぎて、ライバルにすらさせてもらえない。

余談だけれど顔もいい。ずるい。

オンナノコ遊びもなかなかされているようで、最近セフレを作った私は彼に勝手に親近感を抱いていた。

私の「遊び」は恭介くんひとりだけだけど。

さっき送ったメッセージ、既読になったかなぁ、とふと思い出す。

恭介くん、忙しいかなぁ。なにしてるかな？　なんか可愛いネコ見つけて写真送っちゃったんだけど、ああいうの迷惑じゃないかな？　絶対返信はくれるんだけれど。

……と、それどころじゃないか。

「お疲れさまです」

私は軽く頭を下げる。大川さんは人懐こい笑みを浮かべておにぎりの棚に手を伸ばし、迷わずいくらを手に取った。おお、ブルジョワだ……。じっとイクラを見ている私を不思議そうに見たあと、大川さんはなんの気なしの口調で私の地雷を踏み抜いてきた。

「連休何してたの？　東京の彼氏んとこ？」

私はむぐうと黙る。

三月に異動してきたときの歓迎会で、お付き合いしてる人がいて、結婚も視野に入れてるって思い切り話してしまっていたのだ。

「あれ、ごめん、オレなんか変なこと言った？」

「……いえ」

別れたので、と目を逸らし口を尖らせた私に大川さんは肩をすくめた。

「あー、ごめん。その、知らなかったから……」

そう言って眉を下げる大川さんの背後から、ひょいっと見知った人物が顔を出した。

「あれ、水城さん」

「梨々花ちゃんだ、やっほ」

私と大川さんが同時に彼女に向かって挨拶をする。

水城梨々花さんは、私が新入社員だったときにＯＪＴを担当してくれた先輩だ。私より先に京都に異動してきており、公私ともにお世話になっていた。大川さんが親しげなのは、彼と水城さんが同期だからだろう。

「え、ごめん、莉子ちゃん、聞こえちゃったんだけど……行橋くんと別れたの？」

私は曖昧に笑みを浮かべた。蓮と付き合うとき、水城さんにはいっぱい相談に乗ってもらったのだ。なのに別れた報告はできていなかった。

ぱっとフラッシュバックするように、あの日の香奈穂の喘ぎ声が耳に蘇る。

反射的に唇を噛み目を伏せてしまう。これを思い出したくなくて、どうしても口にできなかったのだと今更気が付いた。

「わ、わ、わ、ごめん莉子ちゃん」

水城さんは私の背中を撫で、それからキッと大川さんを睨んだ。

「何してんの大川くん、そのおにぎりを戻して」

「え？　え？　なんで」

「もうね、こういうときは美味しいもの食べるに限んの。莉子ちゃん、大川のおごりだよ！　夜、焼き鳥屋になる店がさ、ランチで焼き鳥丼とか出してんの。割と近いよ。ギリ昼休み終わりまでに戻れると思う。食べに行かない？」

「えっと」

慌てて見上げると、大川さんは苦笑して「なんでオレ？」と言いながらもおにぎりを戻してくれている。

「あの、自分のぶんは出すので」

「いーのいーの。こいつ、成績よくてこないだ金一封もらってたから！」

水城さんに背中を思い切り叩かれ、大川さんは「いてっ」と言いながらも私に向かって微笑んだ。

水城さんは勝手にスタスタと歩き出している。

「……ええと、では、ぜひ」

ふたりに連れてきてもらった焼き鳥屋さんは、「鰻の寝床」の京都らしい町屋だった。

綺麗に磨かれた柱や床板は、年月を経て黒やあめ色に変色している。

出された焼き鳥丼は、ついニコニコ顔になってしまうくらい絶品だった。食べる前に写真も撮った。だって恭介くんに送らなきゃって思ったのだ。

「どう、莉子ちゃん。美味しい？」

モモ肉のジューシーさと、微かに焦げた風味に舌鼓を打っていると、向かいの席に座った水城さんに声をかけられる。

「ねー？　美味しいの食べるに限るでしょ？」

「はい！　連れてきてくださってありがとうございます」

水城さんの言葉に、お礼を言いつつ頷く。彼女の横で大盛焼き鳥丼をあっという間に平らげていく大川さんも、気を使ってか全然違う話を次から次へと振ってくれる。ふたりとも、私とそう年齢が変わらないのになんて大人なんだろう。

ちらりとメニューを見れば、そこそこのお値段。

おごっていただくのに、別れたことについてなんの説明もないのは……特に水城さんには申し訳ない、と思い切って事の顛末を説明した。「同期に元カレを取られた」とは言ったけれど、香奈穂の名前は伏せた。陰口のようになってしまうのは嫌だし、それに……口にもしたくなかったから。

「えええええええ！　最悪！　なにそれっ」

水城先輩が眉を吊り上げて叫んだ。大川さんは横でほうじ茶を飲みながら「あー」って顔をしている。

「それは同情するわ。でも菅原さ、思ったより引きずってなさそう」

「……え、そうですか？」

首を傾げてから気が付く。

そっか、恭介くんに聞いてもらったから。一番辛いときに、恭介くんが側にいてくれたから……

「焼き鳥が美味しいからだと思います」

そう答えると、大川さんは苦笑して続ける。

「……ならさ、菅原って今フリーなの？」

「フリー？」

「彼氏募集中？」

大川さんの背中を「こら！」と水城さんが叩く。

「ばっかじゃないの、失恋したばっかの子に。ていうか、アンタみたいなスケコマシに莉子ちゃんみたいなピュアな子預けらんないよ！」

「スケコマシ、とはまた古い……」

大川さんは苦笑してから、ちらっと私に視線を寄こす。まあ多分、冗談の類なんだろう。

咀嚼した絶品焼き鳥を呑み込み、私は口を開く。

「今はそんな気にならないですね。しばらく遊ぼっかなって」

「遊ぶ？」

「です。さっきの話に戻りますけど、連休もずっと幼馴染と遊んでました」

ゴールデンウィークは、ずうっと恭介くんといた。

清水寺とかの京都市内だけじゃなくて、車を出してもらって天橋立なんかにも足を運んで。

合間の日には、一日中ふたりでベッドでごろごろしてた。ごろごろっていうか、いちゃいちゃっていうか。

恭介くんは日本のゴム産業の発展に大いに貢献してると思う。何個使ったのかな。元気だよなー。ていうか恭介くん、かなり変態チックだったな。服着てするの好きみたいだし、脱がせるのも楽しそうにしている。……思い出したらお腹がきゅっとなったので、慌てて雑念を追い払ってほうじ茶を口にした。

「幼馴染？　あれ、莉子ちゃん地元、京都だっけ？」

水城さんが首を傾げて尋ねた。

「あ、いえ。たまたま京都で再会して」

「へー。よかったね。それでちょっと元気になれた感じ？　持つべきものは友達だよね」

「ええと、はい……」

水城さんが優しく微笑んでくれたけれど、ちょっと罪悪感で胸が痛い。すみません水城さん、私ピュアなんかじゃないんです。友達は友達でも、セフレなんです。ふしだらなんです……

「まぁ、その、なんていうか、とにかくその子とばっか遊んでます」

「ふーん……ま、もし彼氏作る気になったら教えて？」

にこりと微笑んで言う大川さんとがっつり目が合う。水城さんが横で舌打ちしていた。

「あー……合コンでもセッティングしてくれるんですか？」

「……ま、そんな感じ？」

「大川さんの合コンってレベル高そうですね」

合コンなんか参加したことないけれど、大川さん主催の合コンだなんて、きっとお洒落(しゃれ)なバーラウンジとかでやるんじゃないかな。

「やめときな、莉子ちゃん。こいつの友達、みんなチャラいのよ」

「薦めたいのはひとりだけ」

大川さんはじっと私を見ながら続ける。

「そいつはね、今後は真面目になるそうです」

水城さんがなぜか驚愕のまなざしで大川さんを見つめ、口パクで「マジで？」と呟(つぶや)く。水城さんも知っている男性なんだろうか。

「へー」

「どう？　飲みに行くだけでも」

大川さんのおすすめ男性かあ。どんな人だろ？

でも……なんだか気が進まない。

その時間があったら恭介くんといたいかな。

「まだ幼馴染と遊んでいたいです」

「あ、そ？　残念」

「また誘ってください」

一応の挨拶代わりの言葉を契機に、私たちは席を立つ。

本当におごってくれたので、丁寧にお礼を言った。水城さんはちらちら大川さんを見たり、「莉子ちゃんって好きな男性のタイプどんな？」と聞いてきたり、どうにも落ち着きがない。

「まさか水城さんも誰か紹介しようとしてくれてます？　でも私、まだ……」

「え！　あ、そう、そうだよね。ごめんね」

「いえ、ありがとうございます……あ」

オフィスに戻る途中、震えたスマホに気が付いた。

恭介くんからのメッセージが届いていた。さっき送った焼き鳥丼に対しての返事だ。

『うまそ』

たったひとことの返信。なのに自然と微笑んでしまった。

嬉しいな。

たったそれだけで、なんだかテンションが上がる。

赤信号で止まったタイミングで、返信しよう。大川さんと水城さんは小声で何かを話し合っている。仕事のことかもしれないから、少し離れて返信することにした。

『恭介くんも行こうよ』

『楽しみにしてる』

今ご飯中なのか、ぽんぽん返事が来る。

ぽん、と続いて来たのは写真。お弁当屋さんのお弁当かな。結構美味(おい)しそう。

『そっちも美味(おい)しそうだね』

『今度、莉子の弁当食べてみたい』

スマホを見つめる。

そういえば、いっつも恭介くん家(ち)にお邪魔してご飯を作ってもらうばっかりで、私何もしてないな？

お弁当って、お礼になるのかな？　なるのなら、いくらだって作るけれど。

『食べたいの？』

その返信に、すぐに『食べたい』ってメッセージ。ふむ、恭介くんはお弁当大好き男子なのかな。

『じゃあ作る。週末、暇？　どっか行って食べよう』

『行きたいところあったら教えて』

頬が緩(ゆる)む。

どうしよう、どこがいいかな？　京都のことよく知らないんだよね。今更だけどガイドブックでも買おうかな。

「……どうしたの？」

ひょい、と大川さんが聞いてくる。もうお話はいいのかな。水城さんは少し離れたところでスマホを見ていた。

「何がですか？」

「いや、すっごい、笑顔だったから」

「そうですか？　単に幼馴染と写真送り合ってただけですよ」

「ふーん？　にしては、嬉しそう」

「ついでに週末も遊ぶ約束したので」

私の言葉に、大川さんは呆れ顔で言う。

「大きなお世話だけどさ、そんな感じじゃ結婚とかできなくない？」

「いや、まじそれ大きなお世話なのでほっといてください」

私はスマホをしまって、青になった横断歩道を大きく歩き出す。大川さんは「ごめんごめん」って言いながら後を追ってくる。

初夏の風が心地よい。

どこに行こうかな。

週末が楽しみだと、連休明けの沈んだ気持ちも少しだけ軽くなる。

「今日はうちの近くを散策しない？」

　そう提案したのは、お弁当好きな恭介くんになかなかお弁当を作る機会がないからだった。それならうちでランチを作ってご馳走するなんてどうかなあなんて思っていたのだけれど。

「なら、莉子の家の近くにうまいフレンチがあるんだけど、どうだ？　隠れ家風の小さなレストランで」

　恭介くんのそんなお誘いに、料理を作ろうという気概はあえなく霧散した。だって食べたいもの、「うまいフレンチ」。

　そんなわけでお出かけしたのは、六月の初めの土曜日のことだった。この時期の京都はじめじめを極め出していた。盆地だからだと思う。

　さて、レストランの予約まで時間がある、とふたりで商店街をブラブラしていたところ、私はとんでもない人を目撃してしまった。

　人っていうか、人たちっていうか。

　奇しくも織田信長が明智光秀に謀反された裏切りの本拠地でのことだ。今と当時では場所が違うとか、そんなのはどうでもいい。

「……恭介くん、ちょっとこっち」

「どうした？」

「しっ！」

　私は恭介くんを門の陰に引きずり込む。恭介くんは鹿爪らしい顔をしつつも不思議そうに首を傾げている。

「……なんでいるの」

私はそのふたり組を見つめる。

久しぶりに見た。仕事は仕事だと割り切って、業務メールだけは平静を装(よそお)って交わしていたけれど。

しばらく黙っていた恭介くんは、何か勘付いたらしい雰囲気で眉を寄せた。

「……もしかして、元カレか」

「と、元友達！」

元カレの蓮と元友達の香奈穂。

そう説明すると、恭介くんはものすごい顔になった。

「……どしたの？　なんか人を捻(ひね)り殺しそうな顔してるよ」

「なんでも」

そう言って、きゅ、と強く手を握る。……正義感が強い人だから許せないのかな。人事(ひとごと)でも、浮気とか、そういうの。……人事(ひとごと)、でも。

なんだか苦しくて、きゅうと胸を押さえた。どうしたんだろう、ふたりを見ちゃったからかな。

「莉子」

心配げな声に、慌てて笑って前を向く。そして仲睦(なかむつ)まじそうに恋人繋(つな)ぎで境内(けいだい)を歩くふたりに目をやった。

なんだかなぁ。蓮はもうどうでもいい。その程度の男だったってことで。

香奈穂も、……なんかもう、どうでもよくなってきたな。そいつでよければ差し上げますよ～、なんて思うけど……あ、差し上げるんじゃなくて強奪されたんだった。

「はは」

思わず乾いた笑いを漏らすと、更にぎゅっと手を握られた。握った手があったかい。見上げれば、気遣わしげな目をした幼馴染(おさななじみ)が私を見ている。

恭介くんがいなかったら、今も引きずってたんだろうな……

「恭介くん、ありがとう」

心の底からお礼を言うと、不思議そうな顔をされた。そんな彼にニッコリと笑ってみせる。

「カタ、つけてくるね」

「……カタ？」

「話(ナシ)をつけてくる」

「莉子」

「日和(ひよ)ってらんないんだよ、イモ引くわけにはいかないの、ビビッたら負けなの」

「莉子、言葉がなんだかヤンキー漫画になってるぞ」

「精一杯突っ張ってるんだよ」

見上げると、心配げな目線とぶつかった。

思わずきゅんとしてしまう。……なんか心臓が忙しい日だ。ていうか、さっき胸が痛かったのもなんか恭介くんに対してっぽい。なんで？

「……ついていこうか」

「大丈夫。莉子の莉は勝利の利に草冠」

「いやそうだけれども」

今それ関係あるか？　って言う恭介くんの手をするりと離して、ずんずんとふたりのもとへ向かった。負けてたまるか！

「元気そうだね、ふたりとも」

私の声にふたりが振り向き、蓮だけが固まった。

「……っ、莉子!?」

慌てる蓮の声に、罪悪感とかあるんだ？　なんて笑ってしまう。

「久しぶり」

「あ、莉子〜」

香奈穂はおっとりと微笑んで言う。

「久しぶりー。どうしているの〜？」

そうして口元に手をやって、さも今気づいたかのような表情をする。

「あ〜、そっかあ！　ここ、莉子んちの近くだったね？　ごめん〜、忘れてたぁ」

住所はこんなことになる前に教えていた。……このお寺の近くだって。絶対覚えてたよね、その反応！

「かなほたちね、京都旅行に来ててぇ～」

「それはいいの。たまたま見かけて……単にふたりに『もう勝手に幸せになってください』って伝えようと思って！」

私は、ふん、と鼻息荒く言い放つ。

「ほんと？　ごめんねぇ～？」

幸せいっぱい、って笑顔で香奈穂は蓮の腕にしがみつく。蓮は気まずげに目を逸らした。

「かなほたちだけ、幸せになっちゃって～」

「いいよいいよ、どうぞ末長くお幸せに」

ふたりの指には、ペアリングが光っていた。

蓮、私には買ってくれなかったのに。指輪は結婚のときにしよう、特別なものだからって……

そっか、香奈穂には買ってあげたんだ。

……それだけ、好きなんだ。

少しだけ、泣きそうになった。けれど、自分の感情にちょっとだけ驚く。

だってそれは、蓮に対する恋愛感情が原因じゃなかったから。嫉妬ですらない。単純にプライドが傷ついた、それだけの悔しさだ。

私、本当に蓮のこと、もうどうでもいいんだ。結婚まで考えていたのに、あんなに大好きだったのに。そんなに薄情な女だったっけ、私？

つい考え込んでしまう私を、香奈穂がじっと見つめる。

香奈穂の目が月のように細く、意地悪な猫のように笑った。

「莉子もぉ、幸せになってねぇ？　かなほたちみたいにっ」

蓮の腕に、香奈穂は更にぎゅっと抱きついて擦り寄る。蓮は俯いていて、表情は見えない。

「ラブラブな人が見つかるといいねぇ～？　莉子ならすぐ見つかるよぉ。蓮以上のひとっ」

香奈穂の言葉にうまく反応できない。でもほうっと大きく息を吐いた。薄情なのは私じゃなくて、このふたりだよね。もう気にしない、気にしない。

「でも蓮よりイケメンってあんまりいないかもぉ、なんちゃって！　ついノロケちゃったぁ」

香奈穂ははしゃぎ続ける。

「だってラブラブなんだもーん。結婚するんだよねっ、ね、蓮？」

「あ、そうなんだ。……おめでとう」

一切の感情がこもらない「おめでとう」を口にした瞬間、蓮と目が合う。

なんだか顔が青かった。

まぁ、蓮ってここで開き直れるくらいに根性がある人じゃないもんね。……いい人では、あったから。

「莉子」

ふと声が落ちてきた。低くて耳に心地いい、優しい声だ。最近聞き慣れてきた、好きな声だ――

その声に呼ばれたあと、ぽすりと腕の中に囲われた。

なんだかひどく、安心する。

「……恭介くん。なんで」

「知り合いか？　紹介してくれ」

恭介くんは目を細めてふたりを見ている。

「……誰、ですか」

そう声を出したのは、意外なことに蓮だった。なんで声が震えてるんだろう。

「莉子の恋人ですが、何か」

恭介くんは少し威圧的に言い放った。

私はぽかんと恭介くんを見上げた。なぜそんな嘘を……

「……っ、あ、そー？　もういるんだあ、莉子。切り替え早くない？」

唇を歪めた香奈穂が、じろじろと恭介くんを見つめた。値踏みするみたいに……そんな目で、恭介くんを見ないでほしい。ていうか、香奈穂にそんなこと言う権利ないと思うんだけど⁉

「あなた方みたいな尻軽と彼女を一緒にするな」

硬い声で、恭介くんは私の手を引く。大きな手のひら、安心する体温。

この手のことを、好きだと思う。

「行こう、莉子」

「……あ、うん」

引かれるがままにお寺を出た。

お土産(みやげ)屋さんやカフェが並ぶ商店街を、恭介くんはずんずん歩く。私は無言で手を引かれるままについていく。ひそやかな喧噪が、やけに心地よかった。

しばらく歩いてから、恭介くんはふと立ち止まり、私を見ないで呟く。

「悪い、莉子。勝手に出ていって」

「……あ、うん」

私はぽやぽやとした頭で答える。

莉子の恋人ですが、っていう恭介くんの台詞が、なんでか耳から離れてくれない。

恭介くんの優しい目線が私に向くと、どうしてか目が離せずにまごついてしまう。

「莉子？」

心配そうに尋ねる恭介くんに慌てて首を横に振る。

「な、なんでもっ」

「というか、すまん、あんな嘘」

嘘。

すん、とほわほわだった心が固くなる。

「恋人だなんて嘘を。……つい、口を衝いて出て」

「……あは、うん、全然……大丈夫。むしろありがとう」

私は笑った。

多分笑ってる。笑顔は得意だ。

でもどうして私は少し悲しいんだろう。

どうして恭介くんは、幼馴染とはいえ、ただのセフレな私にこんなに優しくしてくれるのだろう？

「そろそろ時間だな」

恭介くんは腕時計を見て、私の手を繋ぎ直しまた歩き出す。

連れてきてもらったフレンチのお店は、住宅街の一角にある本当に「隠れ家」って感じのお店だった。南プロヴァンス風とでも言えばいいのか、漆喰の壁に落ち着いたオレンジ色の瓦、それからお店の周りにある植栽のオリーブなんかから、すごくいい雰囲気なのが外観だけで分かる。……お店の前でシェフが大慌てでしていたけれど。

「申し訳ありません！　水道が急に故障しまして……！」

恭介くんと顔を見合せて、平身低頭するシェフにまた今度と挨拶してとりあえず商店街のほうに戻る。

「優先的に次の予約取ってくれるなんて、ラッキーだね」

水道の故障だったらお店が営業できないのは仕方ないし、そもそもシェフのせいなんかじゃないし……あのシェフ、すごくいい人だなあ。

私の言葉に、恭介くんは少し目を丸くして、それから微笑んだ。

「ありがとう」

「え、何が？」

「なんだろうな」

恭介くんはただ笑っている。変なの。

「でも。お昼どうしようか。この時間だとどこも混んでるよねえ……あ、そうだ」

私はぱん！　と手を叩いた。

「ピクニックしようか」

「ピクニック？」

「恭介くん、お弁当好きって言っていたでしょう？　私、家近いし、今からぱーっと作るよ。簡単なものでよければ」

恭介くんは目をこれでもかというほど大きく見開いた。

「あれ、不安？　大丈夫、まずくはないとは思うんだけど……」

「そ、そうじゃない。嬉しくて。いいのか？」

「え、全然いいけど……」

そんなに喜ばれるくらいお弁当好きだったの？　とちょっと思いつつ、恭介くんと私の家に向かう。

「おじゃまします」

市役所の裏手にあるワンルームマンションの二階が私の家だ。生真面目に挨拶(あいさつ)をして部屋に入った恭介くんは、じっと部屋を見回した。一応片付けているつもりだったけれど、ちらかって見えたかな。

「ごめんね、なんか雑然としてるよね」

「そんなことない。莉子らしい、温かな部屋だと思って」

「そうかな？　あ、そのへん座ってて！」

ローテーブルの脇のクッションを示してから、冷蔵庫を開けて豚肉とかもうカットしてあった玉ねぎとかを取り出す。とりあえずこれをケチャップと中華だしで炒めて酢豚風にして……うん、どうせなら中華で統一しようかな。ならご飯はチャーハンに……と調理を始めると、すぐに恭介くんが寄ってきた。

「手伝う」

「え、いいよ。いっつも作ってもらったり奢(おご)ってもらったりしてるのに」

「そうか？」

恭介くんはそう言って私を背後から抱きしめ、目を瞬(また)き固まる私の頬にキスをする。どきっとして頬がかあっと熱くなった。ええ、なんで私こんなに恥ずかしくなっちゃってるの！　ていうか、なんでそんなに優しく抱きしめてくれるの？

「きょ、恭介くん」

恭介くんはどうしてかすごく甘い表情のまま何度か私にキスをして、クッションのほうに戻っていった。私はというと、ドキドキして玉ねぎを持ったまま立ち尽くしていた。一体どうしちゃったの私の心臓……！

どこまでピクニックに行こうか、ってことになった私たちは、少し歩くけれど大きな公園まで向かうことにした。

京都市のほぼ中心、明治維新あたりまで宮殿だった場所だ。今は公園として市民や観光客に無料で一般公開されていて、滑り台やブランコ、ベンチなんかも設置してある。緑が豊かなこともあって、なかなかいい散策スポットなのだ。さっきまでいた商店街のある通りをしばらく歩けば、この公園が見えてくる。

「なんか京都って面白いよねえ。どこもかしこも史跡って感じで」

公園内の砂利を踏みしめながら言うと、恭介くんも「そうだな」と頷いた。

「地下鉄を通すのも大変だったらしい。次から次へと土器だの遺跡だのなんだのが出土して」

「歴史ある街も大変だねえ……あ、あそこにしようか」

空いているベンチを見つけ、恭介くんを誘って座る。じめじめはしているものの、六月の空は晴天だった。時折吹く風は爽やかで、夏の空気を含んでいる。

「京都の夏ってどんななんだろう」

「湿度百パーセント超えだ」

「あはは、まさかそんなはずないよ。じめじめ超えて水の中じゃん……え、ねえ、嘘だよね？　嘘だと言って恭介くん」

そんな軽口を言いながら、お弁当を広げる。

恭介くんはお弁当をいたく気に入ってくれたみたいで、「うまい」「店が出せる」とかなり大げさな褒め方をしながらあっという間に平らげてくれた。

「ほんと？　あは、照れるよ」

「本当だ」

そう言ってから、恭介くんはじっと私を見つめて続けた。

「莉子の弁当、毎日食べたい」

「え」

さらり、と風が髪を揺らす。恭介くんは真剣な顔をしていて、私は耳朶まで熱くなっていて……

恭介くんが私の頬に手で触れる。大きな手のひら、私の好きな……

「莉子」

鼓膜を揺らすその声も、どうしてだろう、じわじわと心に染みる。ぎゅうっと心臓が切なく痛んで、もっと呼んでほしいなんて思ってしまうんだ。

恭介くんの整った眉目が近づいてくる。ドキドキと心臓が高鳴る。キスなんてもう何回もされているのに、緊張しながらただ唇が触れ合うのを期待して、目を閉じて――……瞬間、ぱっと肩を掴まれ距離を取られる。

目を瞬いていると、すぐ側から「いや、その、ごめん」と声が落ちてきた。スラックスにシャツ姿の男性が困ったように目線をうろうろさせている。手にはファストフード店の紙袋。

「昼メシ食おうと思ってたらさ、宗像がいたから声かけようとして……あの、ほんとごめん」

「竹下さん。……お疲れさまです」

恭介くんがスンって顔をしたまま言う。竹下さん、と呼ばれた男性は苦笑した。

「ええと。彼女、でいいのかな」

恭介くんはしばらく逡巡したあと、「いえ」と低い声で答えた。さっきの「嘘」みたいに心が少し重くなった。どうしてだろう。本当のことなのに。

「へえ」

「やめてください、その顔……」

「いや、お前がいっぱいいっぱいなのが可愛いなと思って」

「竹下さんに可愛いと言われても嬉しくありません」

恭介くんはそう言って、職場の先輩だと紹介してくれた。検察庁がこの近くで、休日出勤していたらしい。忙しい職場なんだなあ。

私が立ち上がって頭を下げると、彼はにこやかに微笑む。

「いやあごめんね、デート邪魔しちゃって」

「いえあの、デートじゃないです」

恭介くんは私のことを「彼女」だと思われたくないだろうからそう答えると、先輩さんは大きく肩を揺らして笑う。

「だってよー、宗像。お前がんばれよ」

「うるさいです先輩」

恭介くんが唇を尖らせる。その頬がほんのり赤くて、私はちょっとだけ不思議に思った。

その日は恭介くんがうちに泊まって、いつの間にか組み敷かれてたっぷり抱き尽くされて……

なんでか私は、蓮と香奈穂のことを一度も思い出さなかった。なんならしばらくすっかり忘れていて、思い出したのは翌月、オフィスでこう告げられたときだった。

「高宮香奈穂さんって、莉子ちゃんの同期だよね？　仲いいんだっけ。今月半ばにこっち来るって、聞いてる？　莉子ちゃんのアシスタントっぽいけど」

オフィスのカフェスペースでたまたま会った水城さんの、何気ないひとことに思わず凍り付く。

「え」

手にしていたペットボトルを落としてしまう。そ、そんなまさか。どうして転勤なんて……!?

「どうした？」

通りかかった大川さんがペットボトルを拾ってくれる。私は「あはは」と笑ってみせた。

「疲れてるの？」

水城さんの言葉に「かもですねえ」とのんびりした声音で答えたけれど、大川さんが大きくため息をつく。

「そんなんじゃねーだろ。高宮の名前聞いて明らかに顔色変わってた」

「え、嘘、そうなの？　どうして……」

カフェスペースには、今は三人だけ。嵌め殺しの窓の向こうで、梅雨の雨がしとしとと京都の街に降り続いている。

「……お前さ、元カレが同期に略奪されたって言ってなかったか」

大川さんの言葉につい反応してしまう。水城さんが「嘘でしょっ」と声を荒らげた。

「それ、高宮さんなの？」

私は苦笑して曖昧に笑った。

頭の中で、私を嘲笑する香奈穂の声がこだまする。あの日の喘ぎ声も。もう蓮のことも香奈穂のこともどうでもいいはずなのに、忘れていたはずなのに、悔しいって思ってしまう。

「……よし、メシ行くか！」

大川さんがにかっと笑った。私は顔を上げて、目を瞬かせる。

「腹いっぱい食おうぜ。オレの従妹がよく言うんだ、悲しいときは腹いっぱい食えって。悲しいこと思い出せないくらい食えって」

「大川くん、それただのやけ食いじゃ」

「自分だって以前、似たようなこと言ってただろ。梨々花ちゃんも行くよな」

「え、あたし？　いいの？」

「こういうときは人数多いほうがいいんだ」


大川さんと水城さんが連れていってくれたのは、恭介くんと再会した飲み屋さん街にある焼肉屋さんだった。チェーン店じゃない、昔ながらの店舗だ。

「ほら食え、吐くまで食え。おねーさーん、上ミノ追加ね！」

ビールジョッキ片手に、大川さんはせっせと肉を焼いては私のお皿に載せてくる。私はもうされるがまま、カルビやロースやイチボやサガリをもぐもぐと食べ続けた。せっかくの先輩のご厚意だし、それに大川さんの言うことにも一理あると思ったのだ。

「今日も大川くんおごりだよねえ？」

「梨々花ちゃんってちゃっかりしてるよねえ」

大川さんは苦笑しながらゴクゴクとビールを飲み干した。そのまま「ちょっとトイレ」と席を立った大川さんの背中を見ながら、水城さんがぼそりと口を開く。

「大川ってさあ、いいやつなのよ」

「はい、そう思います。最初はチャラい人って噂を真に受けてましたけど、実際そんなことなさそうだし」

一緒に働いてみて分かったけど、むしろ仕事熱心だし、後輩や同僚の面倒見もいい。

「あ、うん。でしょ？　でさ、なんかこう、どう？」

「どう、とは……？」

「うん、だからね……いたっ」

いつの間にか戻った大川さんが、水城さんの脳天に軽くチョップを落としていた。

「梨々花ちゃーん？」

「う、ごめんごめん」

仲のよさげなふたりを見ながら、アルコールでやや酩酊（めいてい）してきた頭でなんとなく質問する。

「おふたり、仲いいですよねえ。付き合ったりとか」

「「ないないないないない！」」

ふたりで全力で否定されて目を丸くする。そんなに首を横に振らなくてもいいのに。

「あたし彼氏いるしー！」

と、水城さんが少し大きな声で強調した瞬間、机に置いていたスマホが震える。

画面には「恭介くん」の文字。

「あ、すみません。ちょっと」

断ってからお店の外に出て、通話ボタンをタップする。雨は止んでいて、湿ったアスファルトに小さな水たまりができていた。流れる雲間に月が覗く。

「どうしたの？」

『いや、今仕事が終わって……今日は先輩と焼肉だったよな。迎えに行こうか』

最近妙に過保護気味な恭介くんの言葉に驚く。ただの幼馴染兼セフレに、どうしてこんなに優しいんだろう。

「ん、いいよ大丈夫。地下鉄乗るから」

言い終わってから気が付く。恭介くんと再会した日のこと……。思わず苦笑した。

「もうあんなふうに酔わないよ」

『……ん。分かってる』

それでもその声は心配を滲ませていて、私は申し訳なさを覚えつつ「家に着いたら連絡する」と約束してから電話を切る。

席に戻ると、大川さんがビールを飲みながら微笑む。

「立ち入ったこと聞くけどいい？」

「え？　あ、はい」

「ごめん、画面見えちゃって。今のって彼氏？」

私は少し黙ってから、頬をゆっくりと上げた。

「違います。ただの幼馴染(おさななじみ)です。最近遊んでる……」

「え、男⁉　男だったの」

水城さんがなぜか慌てた様子で身を乗り出してきた。首を傾げつつ頷くと、「おう」と水城さんは外国人みたいなリアクションを取る。

「頑張んなきゃ大川……」

「うるさいよ梨々花ちゃん」

またまた仲のよさげなふたりを横目で見つつ、私は白米と一緒に上ハラミを口に入れた。うん、回復してきた。やっぱり気持ちが落ち込んだときはお肉に限るのかもしれない。

食べ終わって、結局今回も奢(おご)ってくれた大川さんにお礼を言うと、大川さんは「送る」と言ってくれた。

「いえ、近いんで。それより水城さんは……」

「あたし、彼氏の家こっちだから。じゃあね！」

颯爽(さっそう)と水たまりを避け去っていく水城さんに「また月曜！」と手を振って、私は大川さんを見上げる。大川さんはふわりと笑った。

「菅原の最寄り駅、オレ反対だけど路線は一緒だから」

「あ、そうでしたか。じゃあ駅まで……」

そう言うと、大川さんがちょっとだけ嬉しそうな顔をした。

川沿いまで出ると、少し酔いがさめてきた。ざぁ、と少し湿った風が川沿いの柳を揺らす。

まだ遅くない時間なのに、酔客が喧しい。

「下、通ろうか。人少ないし」

大川さんが言う「下」は河川敷のことで、ここは遊歩道になっているのだ。

「あ、はい」

特に考えずに河川敷に下りた。

空を見上げると、雨上がりの紺色の空に、金色の月。眩しいくらいだ。時折ちぎれたような雲が流れていく。

「菅原さあ」

大川さんがぽつりと呟く。

「元カレと別れて三か月くらいだっけ？　まだ恋愛する気ないの？」

「ない、ですねえ……」

「どうして」

大川さんが立ち止まる。私は振り向き、首を傾げた。

「どうもこうもないです」

言いながら思い出す。香奈穂の喘ぎ声を聞いた玄関先での絶望を。

あんな思いをするくらいなら、それくらいなら……

「私、もう恋愛する気力がないんです」

そう呟いたとき、なんでか恭介くんが頭に浮かんだ。どうして今、恭介くんが出てくるの？

「菅原……」

大川さんが辛そうな顔をして、私の手に触れようとした。行動の意味が分かりかねて身体を強張らせた瞬間、背後から誰かに手を引かれて抱き留められた。

「莉子」

いつだかのように頭の上から降ってきたのは、恭介くんの声だった。

ぜいぜいと肩で息をしている恭介くんを見て、私は首を傾げる。

まくり上げたシャツの腕にも粒になった汗がくっついている。今日はとても蒸し暑いから、少し動いただけでこんなふうになるのは分かる。分かるんだけれど……

「ど、どうしたの」

聞きつつも、会えて嬉しいと思うのはなんでだろう。

恭介くんと再会してから、疑問ばかり。恭介くん本人の気持ちも、私の気持ちもよく分からない。

「……たまたま歩いていて、莉子が、見えて。それで」

言いよどむ恭介くんに、再び首を傾げる。

「なに？　……あっ」

大川さんといたから、誤解されたのかもしれない。またお持ち帰りされそうになってる、とか！

さっと血の気が引く。呆れられたくないって強く思う。

失望されたくないって。……恭介くん以外の人と、エッチしたいと思っているわけじゃないって……

「ち、違うよ恭介くん。こちら会社の先輩で、飲み会で、駅まで送ってくれてる途中でっ」

慌てたせいでしどろもどろだ。でもちゃんと伝わったみたいで、恭介くんはふっと頬を緩める。

そして、ほっと息を吐いた。

「そうだったのか。また変なやつに絡まれてるのかと、早とちりして……悪い」

「う、ううんっ」

心配してくれたんだ、って分かって素直に嬉しいし、耳たぶまで熱い。

「あの、大川さん。すみません、この人例の幼馴染なんですけど、ちょっと前に私が迷惑かけちゃったせいで少し過保護気味みたいで」

「お騒がせしました」

謝る恭介くんに、にこやかに大川さんが会釈した。

……なんだか笑顔が、いつもと違う気もするけれど。

顔を上げた恭介くんは、少し考えてから言う。

「あとは、俺が彼女を家まで送りますので」

「え」

思わず恭介くんの顔を見上げた。

「い、いいよ。電車乗ってすぐだし、大川さんも路線一緒なの」

でも恭介くんは「譲らんぞ」って顔をしてる。恭介くん家は同じ京都市でも少し北のほうだから、地下鉄は地下鉄でも路線が違うのに。

「……恭介くん？」

「菅原」

大川さんが笑った。なんだか、静かな微笑み。

「この人が幼馴染なんだよな？　いつも遊んでる」

「あ、はい」

大川さんは「ふうん」と目を細めた。

「なるほど、なるほどね……」

恭介くんは無言で大川さんを見返す。なんだかふたりとも見つめ合ってるけど、どうしたんだろう。

「あのう？」

私の言葉を無視するように、大川さんが口を開く。

「身長何センチ？」

「……百八十ですが」

あっ五ミリ、サバ読んだ！

「よっしゃ、オレ百八十一〜、オレの勝ちぃ〜」

「……髪、きっちりセットされてますもんね」

「関係ありませーん」

その後、ふたりはしばし無言で睨み合う。……なんだこりゃ。

「なんの話してるんですか、ふたりして」

「男の話だよ、菅原チャン。じゃーまた会社で。今日は譲るけど」

ひらひら、と後ろ手で手を振って、大川さんは去っていった。

「なんだったの？」

「男の話」

恭介くんはそう言うと、きゅ、と手を繋いできた。

「身長、そんなに大事？」

「別に。ただ、多分あの人も俺も、お互いひとつも負けたくないだけ」

「なんで初対面でそんなにお互いをライバル視してるの……？」

五歳児か。ちょっと呆れている私に「帰ろうか」って恭介くんは言う。

「うん……でも待って」

「どうした？」

「変な話していい？」

「いいけど、どうした」

「ちょっとフェチ的な話なんだけど。引かない？」

眉を下げた私に、恭介くんは「ふはっ」と笑う。

「引かない引かない。どうした」

「私ね、実はさ、こういうの」

そう言って、恭介くんの腕まくりしたシャツから出ている肘の少し下を触る。腕の内側の浮き出る筋肉と血管が、男の人って感じできゅんとするんだよね。指で筋肉の筋をつうっと撫でてから、血管のあたりも指でむにむにと押す。

「好きなんだよね……」

「莉子、あのな、お前」

恭介くんが「はー」と息を吐きながら、大きな手で顔を隠す。わあ、さすがに引かれたかな？

「で、でも恭介くんも着衣フェチだし、こういうのお互いさまじゃないかなあ」

「俺は着衣フェチじゃない」

変態さんの自覚がないらしい恭介くんが手を離す。現れた頬が赤くて、引かれたわけじゃないことを私は悟る。

「恭介くん」

思わず彼の名前を呼んだ。絡んだ視線はとても熱い。恭介くんの、エッチしたいときの顔だ。

そういうの、分かるようになってきた。……なってきて、しまった。

お腹の奥がきゅんとして震えてわななく。私のあさましい本能が、この人が欲しいと疼(うず)いていた。

「……莉子の家、行っていいか？」

頷いて、きゅ、と彼のシャツの裾を握る。その手が搦められて、強く繋がれた。

「タクシー、乗ろうか」

恭介くんが掠れた声で言う。小さく頷いて、通りまで戻ってタクシーに乗った。車内では、手は繋いだまま無言で、お互い反対の窓を見ていた。

顔を合わせたらダメだと思う。目なんて見てしまったら……多分、とんでもなく破廉恥なところを運転手さんに見せることになってたと思う。

私、こんなにふしだらな女だったっけ？　自問するけれど、答えはすぐに出る。違う、恭介くんがいるからだ。

発情してくちゅくちゅのカラダを私は持てあます。増殖していく熱が逃せなくて、お腹の奥で溶岩みたいに溜まっていく。

マンションの前に着いて、エレベーターに乗っても、私たちは素知らぬ顔をしていた。知らない人が見たら、喧嘩してるカップルみたいだったと思う。絶対に目を合わせようとしないで、無言で手を繋いでいたのだから。

部屋の鍵を開ける手は、少し震えていた。玄関の内側に入るやいなや、ドアが閉まり切らないうちに、噛み付くように唇を奪われた。口内を蹂躙する、恭介くんの舌はまるで別の生き物みたいで――

「ふ……ぁ」

腰に回された恭介くんの手が熱い。

身体に押し付けられた恭介くんの昂りが、熱く、硬く主張していた。私に入りたいって。

「莉子？」

耳元で、そう名前を呼ばれる。

「なぁ、に？」

身体から力が抜けそうになってる私に、恭介くんは少し責める口調で言う。

「もう少し、男を警戒したほうがいい」

「なんで」

「……こんなに簡単に」

冷たい廊下に、頭と腰を支えるようにしながら、ゆっくりと押し倒された。

「家に入られて、押し倒されて」

「……それは」

私は恭介くんをじっと見つめる。

「恭介くん、だからだよ」

「……俺？」

「恭介くんだけ……っ」

言っている途中で恭介くんと唇が重なったかと思えば、貪るキスをされた。

口の内側から食べられていくような、そんなキスだ。

私の腰は、知らず、動く。

与えられる快楽を求めて――どうしてだろう。

もう、私……恭介くんしか欲しくないんだ。

「痛くないか」

廊下に横たわる私を心配してか、彼はそう言ってくれる。頷くと、そっと目を細められた。それから気が付いたように眉を上げる。

「そういえば莉子のスーツ姿、初めてかもしれない」

恭介くんはちょっと嬉しそうに言う。

「……そうだっけ？」

答えながら、色んな格好をしてするのなんてよさそうだなって思う。だって恭介くん、なぜか無自覚だけど絶対に着衣フェチだし。

「似合う？」

「似合う」

答えると恭介くんの目が獰猛に細められ、カットソーが下着ごと少し手荒にずり上げられた。

「ふぁ……ッ」

恭介くんはぐにぐにと胸の膨らみの片方を揉んで、反対側の先端をべろりと舐めると、熱い息を吐いた。肌に当たるその吐息に、ぞくぞくと興奮が増してしまう。

小さく喘ぐ私に、彼はふっと頬を緩めタイトスカートに手をかける。腰までたくし上げられた、あられもない格好に思わず身をよじる。

「っ、ヤダっ、恥ずかし……っ」

「莉子、あのさ」

ひとり身悶える私をよそに、恭介くんは低く落ち着いた様子で続ける。でも、明らかに興奮してるまなざしで。

「ストッキング、新しいのいくらでも買うから」

「……うん？」

「破いていい？」

「ひゃん！」

ストッキングと下着越しに、足の付け根に触れられる。すっかり濡れそぼってぐちゅぐちゅのソコは、薄い布越しでも悦んでいるのが分かって恥ずかしい。

触られたいって、挿れられたいって、どろどろに蕩けて彼を待つ淫らな場所。

「あ、ぁ、ぁ……ッ、恭介ッ」

「呼び捨て、嬉しい。いつもそう呼んで？」

やけに優しい甘い声で、恭介くんは私の頭にキスを落とす。ストッキング破りたがっている人と同一人物だとは思えない。

「そ、……ぉ、？　でもっ、癖でっ」

答えた瞬間、肉芽をぎゅっと少し強く摘まれた。自分から零れた蜜でぬるつくそれを摘んだまま恭介くんは細かく動かす。

「や、……ッ、はぁ……っ、ぁ、あ」

私は淫らに自分から足を大きく開き、みっともなく腰を揺らして半泣きで喘ぐ。

「あ……ッ、イくっ、イ……っ、……！」

びくん、と冷たい床の上で身体が跳ねた。自分の身体がひどく熱いぶん、フローリングがとてもひんやりしていて心地いい。

ふう、と息を吐いた私の顔を、恭介くんが覗き込む。

「莉子」

「な、ぁに……？」

「答え聞いてない。破いていい？」

そう言って、恭介くんはべっとりと濡れているストッキングのその部分を、くちゅりとつねった。

「はぁ……んッ！」

イったばかりの身体に、その刺激は強すぎる。神経が剥き出しになっているかのような感覚に、たまらず再び軽く絶頂してしまう。

「莉子？」

優しく聞いてくる恭介くんの声に、頭の芯がしびれていく。

ストッキングくらい、いいかな……いいのかな。

「……っ、ほんとに、買ってくれる？」

「いくらでも」

「……ちょっと、お高いのでもいい？」

「いい」

「……なら、いいよ？」

「約束」

そう言って、彼は軽く耳たぶを噛んできた。そのままくちゅりと耳の孔まで舐められる。脳まで舐められたかのような快楽に、背中がぞわりとする。

太腿を撫でていた恭介くんの節くれ立った指が、そのまま力を入れて薄い布を引き裂いた。

「や、っ」

恭介くんはそのまま、ぴいっと下着のところまで引き裂いていった。悪いことをされているようで、やけにドキドキしてしまう。硬い指先が下着を横にずらし、期待でとろとろに蕩けてひくついているだろう私の入り口を晒す。あまりの羞恥に唇を噛んだ。

「これヤバイな」

恭介くんは本当に驚いたって口調で言う。

「な、何が、あっ!?」

涙目で足を閉じようとするも、彼は片手でそれを制した。

「やだあっ、恥ずかしいよぉっ」

「そのほうが悦いくせに」

蕩けそうなほど熱くなっているそこに、彼はそっと指で触れてきた。入り口を撫でたかと思えば、ほとんど無遠慮に指を挿し入れられる。

「ひゃ……ぁああンッ！」

跳ね上がる腰を片手で押さえて、ぐちゅぐちゅとかき回されれば、もう頭は真っ白で。

「そこ、ダメっ、恭介ッ……ッ、イっちゃ……うっ、ダメ、ダメぇ……ッ」

「は、イってる莉子、すげえ可愛い……」

恭介くんは私のこめかみにキスを落とす。

「もう挿れていいか？　興奮しすぎて、痛……」

そこまで言って、恭介くんは眉を寄せる。

「……ゴム忘れた」

「コンドーム？」

「ん。買ってくる」

私は、立ち上がりかけた恭介くんのシャツを掴む。

「あるよ？」

恭介くんが目を丸くした。微かに寄せられる眉に、また勘違いさせたと慌てて続ける。

「違うの。恭介くんがね、いつも使ってるやつだよ。一応買っておいたの」

恭介くんはぽかんとしたあと、なぜだか口元を手で覆って照れている顔で私を見下ろしてくる。

「……莉子は可愛いの塊なのか？」

私は目を丸くする。可愛いことはひとつも言ってないと断言できる。できる、けれど。

「恭介くんは、いつも私のこと可愛いって言ってくれるね」

「可愛いからな」

さらりと答えられて、頬が熱くなる。ああもう、どうしてそんなこと言えるのかなあ。

きっとそれは、私に対して恋愛感情がないゆえにだと思うけれど、それにしたって。

「言われ慣れてないから、照れるよ」

「そうか？　ああ、あともうひとつ」

恭介くんは私の髪をさらりと撫でて、至極当然って顔で言う。

「莉子はえろい」

「なにそれ!?」

着衣フェチの変態な幼馴染（おさななじみ）に「えろい」認定された私は、抱き上げられてベッドまで運ばれる。

「恭介くんのほうが変態なくせに……」

「そう不服そうな顔をするな。褒め言葉だ。ゴムは？」

金属製の腕時計を外しながら恭介くんが尋ねる。ヘッドボードにそれを置く硬質な音が部屋に響いた。

「そこの棚だけど……」

横たえられて口を尖らせている間に、恭介くんはさっさとコンドームを取り出してスラックスのベルトを緩（ゆる）める。昂（たかぶ）りは硬く怒張して先端から露を零（こぼ）している。

恭介くんは私の膝裏を持ち上げ足を大きく開かせ、肉張った先端を入り口にあてがう。破れたストッキングと、ずらされたクロッチは濡れて肌に張り付いている。

先端だけが埋められた。それだけで私の粘膜がきゅうっとねだるように彼に吸い付いた。

「ん……っ」

ずぶずぶと恭介くんの昂りがナカに挿入ってくる。肉襞を掻き分け拡げてくる、硬くて太い熱。

蠢くナカはきゅんきゅんと悦び、最奥はひくついて彼を待っている。やがてぐうっ……と子宮ごと押し上げられて、私は上ずった声で喘いで彼のを食いしめる。

「莉子、締め付けすぎ」

恭介くんはそう言うけれど、とても我慢なんかできない。ただ喘いで彼を締め付ける私のナカを、彼は硬い熱で擦り上げながらズルズルと何度も動いていく。ぽたりと汗が落ちてきて、見上げた先で恭介くんが笑った。

幸せそうに、笑った。


ワンルームの狭いベッドの上で私たちは裸のままぴったりくっついて、ぼんやりとテレビを眺めていた。後ろから抱きしめられてっていう、そんな格好で……エッチのあとって、すごく気だるい。

深夜のテレビはさっきまでニュースをしていたけれど、今は音楽番組だ。

「恭介くんはさー、どんな音楽聴くの？」

テレビから流れているのは、甘ったるいラブソングだった。

好きで好きで仕方なくて、会いたいのに会えなくて光の向こうに手をかざすみたいな、そんなよくある歌詞がやけに胸に痛い。

私を抱きしめて、恭介くんは少し悩んだ雰囲気を見せた。

「あまり聴かないな」

「あ、そーなの？」

案外ポエミーな恭介くんのことだから、定番のラブソングとか好きなのかな、なんて思っていたけれど。

「よく分からない」

「へー？　……あ、これ知ってる。懐かし！」

高校のときくらいに流行(はや)ってた歌が流れる。これもド定番のラブソング。

「なんか高校のとき思い出すよねー。恭介くん、高校では何してたの？」

私のざっくりした質問に、恭介くんは不思議そうにする。

「何、とは」

「……部活とか？」

「莉子は？」

「私は吹奏楽部」

「文化部体育会系だな」

「キツかったよ！　すぐ外周だもん」

私が笑うと、恭介くんは目を細くして「見てみたかった」と笑う。

「高校生の、莉子」

「私も、会ってみたかった。高校生の恭介くん」

離れ離れの、十七年。

彼はどんなふうに過ごしていたんだろう。どんなふうに友達と過ごして。どんなふうに……恋を、してきたんだろう。そこまで考えたところで、急に寂しくなった。

「……っ、恭介くんは？」

センチメンタルな気分を吹き飛ばすように、そんな質問をする。

「部活？　俺は陸上。短距離だった」

「へー！」

私はくるりと恭介くんのほうを向く。安いスプリングが、ぎしりと軋む。

恭介くんの綺麗な瞳が、私を視界に入れる。それだけで、さっきまでの寂しさが掻き消えてなんだか満足してしまう。

「百メートル何秒？」

そう聞いてから「あ。ごめん」と聞き直す。

「やっぱり五十メートル！　計ったことないからよく分からないし」

「確か……五秒八とか」

「すごっ！　私、最速で八秒くらいだったよ！」

「今は下手するとそれくらいかもな」

恭介くんは苦笑いして言う。

「そ？　なんか、もっと速いと思うけど」

布団の中で、そうっとそのお腹や腰に触れた。ちゃんと鍛えられてる身体。

恭介くんは少しだけ眉を寄せたけど、嫌そうな感じではないから触れたままにしておく。

「……運動なんか、たまにジムに行くのと、野球に駆り出されるくらいで」

「野球？」

「検察庁ごとにチーム組んで、草野球してる」

「なにそれ楽しそう」

思わず笑っちゃう。お堅そうなのに、そんな遊びもしてるんだ。

「熱心な人なんか、徹夜明けで平気で来る。そのうち死人が出るぞ」

「それはヘビー」

でも、野球してる恭介くんかあ。見てみたいな。

「……見に来るか？」

「え？　いいの」

うん、って恭介くんは頷く。

「莉子が応援来てくれたら、やる気出る。少し」

「ほんと？」

「じゃあ今は断りまくってるけど、……参加することになったら知らせる」

「なんで断ってるの？」

「ん？」

恭介くんはちゅ、と私のおでこにキスをした。

「莉子との運動、優先してるから」

私の太腿に押し付けられた、それ。

「……ねえごめん。今の会話、興奮するとこあった？」

「さあ。でも莉子が悪いよな」

いきなり「挿れてもいい？」って、熱い声で恭介くんが聞いてくる。

「え、あ」

くちゅん！　って、恭介くんの指がナカをわざとらしく拡げて動かす。

「さっきイったばっかだから、ほら、まだ濡れてる」

「や、……んッ」

「莉子」

おねだりするようなその口調に、ナカが蕩けてぐずついて、操られるようにして私は頷く。

恭介くんはまたコンドームをつけて、私を組み敷いた。

頭の横に、恭介くんの手がある。私の好きな、大きな手のひらだ。

ゆっくりと、恭介くんの整った眉目が近づいてきてキスされた……瞬間、ナカに入ってくる質量。

「ぁあっ！」

「……っ、は、とろっとろ」

恭介くんは少し笑って言う。

「莉子のナカ、すごく熱い」

「……ふぁ、……ぁっ」

ギシギシと軋む安いベッドと、くちゅくちゅと響く淫猥な水音と、腰と腰が当たるぱんぱんって羞恥心をぐずぐずにしていく音と——

「あッ、あ、あ、あ……あっ、気持ちぃいっ、恭介、恭介ぇ……ッ」

頭がぐちゃぐちゃで、ただ恭介くんの名前を呼び、ただ喘ぐ。

何度も、何度も。

恭介くんは何かに耐えるような顔をして、ぐ、と更に腰を動かす。

快楽だけを教え込むみたいな抽送に、私の脳味噌は蕩けてめちゃくちゃになる。

「あ、そこっ、気持ちい、……っ、す……きぃっ、好きっ……」

思わず自分から漏れた「好き」に驚く。なんの好き？　どうして「好き」なんて単語が出ちゃったの？

「ここ？」

「ぁ」

とろん、と恭介くんを見上げると、彼は笑ってそこを強く抉ってきた。強い快楽がおへそまで響いてもう何も考えられない……！

「ダメ……っ、恭介くんっ」

思わず仰(の)け反(ぞ)るように恭介くんにしがみついて、絶頂してしまった。

「ぁ……は、ぅ……」

ナカの肉襞がびくびくと痙攣(けいれん)しながら、恭介くんのをきゅんきゅん締める。

けど恭介くんは止まってくれない。

続けられる抽送と、チカチカする視界で頭が真っ白になる。

「は、ぁ……っ、イって、るって、ば、止まってっ、お願……いっ」

ぐずぐずに蕩(とろ)けながらイく私に、恭介くんはそれでも快楽を与え続ける。

「イってる、ってばぁ……ッ！」

緩(ゆる)められない快楽に、きっと私はとんでもない顔を晒(さら)していると思う。なのに恭介くんは少し笑って「莉子、可愛い」なんて言う。甘い、甘い声で……

「あっ、あっ、……あぁ……」

もう私の声帯からは、意味のある言葉なんて出ない。

ただ蕩(とろ)け切った高い声を発して、恭介くんに身体を揺さぶられるだけ。

絶頂に絶頂を重ねられて、意識が溶ける。飛んでいく。

「莉子……ッ」

掠(かす)れた声でそう呼ばれたのだけは、ギリギリ記憶に残っている。

梅雨明け宣言はまだだと言うのに、オフィスの窓から見える空は眩しすぎるほど夏空だった。

「またよろしくね、莉子」

にこ、と笑うのは今日から同じチームに配属になった香奈穂だ。私もきちんとニコニコ笑顔で頷いた。私は笑顔が得意なのだ。

今は、京都支社の各部署に挨拶回りをしているところだった。

「同期でめっちゃ仲いいんですよ〜。ね？」

少しアヒル口で「きゅるん」って笑ってみせるそのふんわり女子に、みんなニコニコしてしまうのは仕方ない。だって香奈穂は可愛いからだ。

私だけ、顔面に糊でもぶちまけられたんじゃないかってくらいに乾いた笑顔のまま動かない。あぁ、とため息をつきそうになって、慌てて呑み込んだ。

覚悟はしてた。

覚悟はしてた、んだ。

でも実際この子を目の前にすると、やっぱりきつい。耳の奥で響くのは、あの日の声だ。人工甘味料みたいなべとついた嬌声。

「同じチームで、……莉子が上司で。すっごく嬉しい」

じっとりとした笑顔に背筋がぞわりとする。こんな笑い方をする子だったかなあ。

その薬指にペアリングがないことに気が付いたけれど……まぁ仕事中だから、かな？

口だけで笑って、私を見ている。垣間見える敵意に気が付いているのは私だけだろう。今更蓮を返してなんて言うつもりはない。なのに、どうしてこんなに敵認定されてるの？

「いや、立場逆じゃん」

昼休憩、海鮮丼のランチに誘ってくれた水城さんが唇を尖らせた。

「……嫌な未来しか見えないような気がしてます」

「そう悲観的になるなって」

本日もおごり係として連れてこられたらしい大川さんが緑茶を飲みながら言う。

「そうそう。あたしたちが全力で莉子ちゃん守ってあげるから」

「水城さん……」

「梨々花ちゃん、ごめん、それオレが言いたかった……」

苦笑している大川さんに、水城さんが「あら」って顔をしていた。大川さん、こっちで言う「かっこつけしい」みたいだからなあ。

「おふたりとも、ありがとうございます。何かあったら速攻で泣きつきますね」

――なんて言ったけれど、香奈穂がやってきて一週間と少しは平和だった。

問題が起きたのは、その翌週の金曜日。

「……やってくれたよね」

私は夜のオフィスで、缶コーヒーを握り潰そうとしてできずに「ぐぬぬ」と唸（うな）った。スチール缶ですからね、当たり前です。目線を上げた先、暗い窓の外は大雨だった。

「なんっ……で、私が香奈穂の尻拭いを」

思わずひとりごちる。

まぁ、香奈穂のミスのフォローは今に始まったことじゃないけれど……今回は、さすがに頭に来た。致命的なミスを隠していたのだ。取引先に指摘されるまで、何食わぬ顔して。なんていうか、多分、わざとだ。

『しょうがないよ、来たばっかだもん』

落ち込んでみせる香奈穂を周りの人はそう慰めて、本人も『挽回します』って残業始めて、私も付き合って。そこまではよかった。私は香奈穂の上司にあたるのだから、ミスのフォローは当然だ。

ただ、その次の行動が香奈穂の悪意を確信した瞬間だった。周りの人がすっかり帰ったタイミングで、香奈穂は立ち上がって、私のデスクまで来て、にっこり微笑んで言う。

『部下のミスは上司のミスだよね？　ていうか、莉子が先に気が付いてよ』

呆然とする私に、香奈穂は更に唇の端を上げる。

『莉子はかなほの上司でしょお？』

大きく深呼吸した。ああ、だめだ。こんなことで感情を乱されちゃいけない。

『……ミスするのは仕方ない。けど、隠されたら困る』

『次から気をつけまぁす』

そう言って、さっさと帰宅してしまった。

ぽつん、とオフィスに取り残された私はデスクに突っ伏す。気まずくふたりで残業するのと、ひとりで香奈穂のミスを挽回するの、どっちのほうがいいんだろう。

嵌め殺しの、大きな窓に打ち付ける水滴。向かいのオフィスは真っ暗。

思わず再びため息をついたとき、背中を叩かれて思わず叫ぶ。

「ひゃぁあ！」

「うお、びっくりさせんなよ」

「お、大川さん」

振り向いたところで、大川さんが笑っていた。

「高宮、受注ミス何件か隠してたんだってー？」

「そうなんです……ははは」

「そんな悲しい笑い方するなよ……」

「疲れてるんです」

肩を落とした私に大川さんは笑ってコンビニの袋をくれた。

「え？」

「チョコ。やる」

「うわあ、ありがとうございます」

素直にいただくことにした。正直甘いものはありがたい。

「……高宮さ。本店の同期に評判聞いたんだよ。飯塚って知ってる？」

その名前に頷く。何度か一緒に仕事をした先輩だ。

「二月末までの高宮、評判は悪くないんだよ。仕事できる、って」

「はぁ。そう思います」

決して変なミスを連発するような子ではなかった。

「けど三月からだ。急にミスが増えて、仕事量も落ちて。飯塚が言うには、菅原、お前がいなくなったからだって」

「……私？」

「高宮のミスをフォローする人間がいなくなったってこと。つうか飯塚が言うには、菅原は一・五人分は仕事してたってな」

「そー……ですか？　いやでも、私も仕事できるってほどじゃ……」

ちょっと照れていると、大川さんは黙って私の横のデスクに座り、パソコンの電源を入れる。

「あれ？　大川さん仕事残ってました？」

「手伝う～」

立ち上がったパソコンのログイン画面に、自分のアカウントでログインしながら飄々（ひょうひょう）と大川さんは言った。

「あの、ありがたいんですけど、ややこしいですよ？」

香奈穂のミスを発見しながらの作業になるから、時間もかなりかかるはずだ。

「いーのいーの、こういうの得意」

ほんとかなぁ、なんて思いながらしばらく作業を続けていく。

「よし、これで最後」

大川さんの声に、私はぽかんとパソコンのディスプレイを眺めた。あれ、ほんとに終わってる！

スマホをちらりと見れば、二十二時半だった。まだ三十分も経っていない。

「うわ、ありがとうございます」

「いいよいいよ。ちなみに今から呑みに行けたりする？」

「あ、すみません、このあと用事があって」

恭介くんが家に遊びに来てくれる予定。観たかった映画が配信開始になったから、一緒に観ようかってことになったのだ。

「……へえ」

じっと見つめられて目を瞬（またた）いていると、大川さんが小さく笑った。

「もしかして、この間の幼馴染（おさななじみ）？」

「はい」

「こんな時間から？」

そう言われて口ごもる。この時間に異性の友達に会うのって、変なのかな。

「なあ菅原。あの幼馴染（おさななじみ）って、マジで普通の友達？」

「えっと」

言いよどむと、大川さんは探るような目線を寄こす。

「違うよな」

「えっと」

うまく誤魔化せなくて曖昧(あいまい)に笑ってみせる。いつもなら深入りしてこない大川さんが引いてくれない。

「あー……その」

「付き合ってないけど、そういう関係はある？」

いきなり核心を突かれて、私は目を丸くした。大川さんがため息をつく。

「だろうなー。妙に独占欲見せてたし、けど菅原は恋愛する気ないとか言うし」

「……あの人は本当に、私に恋愛感情ないですよ。私も、ですけど。お互い割り切ってます」

「なるほどなあ」

少し考えることあるから、と言ったきり大川さんは黙ってしまった。必ずお礼はしますと頭を下げつつオフィスを出る。地下鉄の通路に入ると、じっとりとした空気が吹いてくる。滑らないよう足元に気を付けながらスマホを取り出すけれど、恭介くんからの連絡はまだない。お仕事忙しそうだもんね、ほんと。

最寄りで降りて地上に出ると、少し雨脚(あまあし)は弱まっていた。傘を広げ足早に自宅のマンション前まで来て、人影に気が付いた。

雨だというのに、傘もささずにじっとマンションの前の植え込みに座っている人影には、見覚えがある。あるっていうか、なんていうか……！

「……莉子」

私の姿を認めて、ゆらりと立ち上がるその影に、思わず一歩足を引いた。

「蓮？」

蓮が青い顔で立っていた。

「……何回か、電話したんだけど」

「え、あ、あー」

少し気まずくて頬をかく。あの日に着信拒否したままだ。

「な、莉子」

青い顔のまま、蓮はこちらに歩いてくる。雨に濡れた頬がやけに青い。

「蓮、何してるの？　ていうか雨……」

「オレたち、やり直せない？」

「え？」

きょとんとしてる私の腕を、蓮が掴む。濡れた手のひらの感触にぞっとした。

「結婚しようよ、莉子。結婚したかったんだろ？　憧れてたもんな……いつがいい？　何が着たい？」

「え、あ……なに、言って」

腕を振り解こうとすればするほど、蓮の手の力が強くなっていく。傘に雨が打ち付ける音がやけに大きく聞こえる。蓮の目は異様にぎらぎらしていて、笑ってるのに怒り顔よりよほど怖い。

「やめ、てよっ！　香奈穂と付き合ってるんでしょ⁉」

「香奈穂？　……あんな女」

蓮はじっと私を見つめて続ける。

「やっぱりオレには莉子しかいなかった。莉子、なぁ、戻ってきて。結婚しよ、オレの赤ちゃん産んでよ」

「……や、だ……」

声を出そうとするのにうまくいかない。喉に蓋がされたみたいに掠れた声で返事するのが精一杯だ。

「今からシよ？　赤ちゃん作ろうか。莉子、子供好きだもんな」

ぞわり、と全身に鳥肌が立つ。

「いっぱいナカで、出してやるからな」

歪んだ笑顔で私を見る昏い瞳は、欲望で揺らめいている。

「や、だっ！」

なんとか大きな声が出た。蓮が目を大きく開く。明らかに浮かんだ怒りの色に恐怖で足が震えた。

傘が地面に落ちる。頭の上から大粒の雨が打ち付けてくる。

「お、願……離し……」

雨音にかき消されそうになりながら、震える声でそう呟いた瞬間——誰かに奪われるように抱き留められる。私はほうと息を吐いた。どうして彼は、いつもこんなふうに助けに来てくれるの。

「……恭介くん」

名前を呼んだだけで、全身に血が巡るような気がした。彼の足元にも傘が落ちている。

「莉子に何をしようとしていた、下衆」

低い声で蓮を睨みつける恭介くんは、見たことがないくらいに怒っていた。

恭介くんの目は据わっていて、強く寄せられた眉間には、いつもの穏やかな雰囲気は微塵もない。

明らかな怒気に一瞬怯えるけれど、これは私のためなんだ。私のために怒ってくれている。そう思うと、感情が和らいだ。私は恭介くんの腕を取って名前を呼ぶ。

「恭介くん」

ハッとして恭介くんが私を見る。激情がおさまっていくのが、手に取るように分かった。

「莉子」と呼ぶ恭介くんの声に、微笑み返してみせる。

「ありがと、恭介くん……ええと、今帰り？　お疲れさま」

「……っ、なんの、話をしてるんだよ！」

蓮が騒ぐ。

「なぁアンタ、莉子をオレに返してくれ。莉子はオレのなんだ」

ひどく切実な声だった。雨の中、蓮が大きく両手を開く。

「莉子。ほら、こっちに……戻ってこい」

「知るか。莉子、警察を呼ぼう」

その言葉に、蓮はびくりと身体を震わせた。警察……私は戸惑って恭介くんを見た。けれど彼は真剣な顔をしている。

「……っ、待ってくれ、だって莉子は、莉子は――オレと結婚するはずだったんだ」

「それをぶち壊したのはお前だろう？」

冷たく睨(にら)みつけ、続ける。

「聞いている。莉子の友人と寝たんだろう。友人を何より大切にする莉子を、お前らはふたりで裏切った」

「違う……」

蓮は言葉を震わせ、首を横に振る。

「あのとき、初めてだったんだ。たまたま会社の帰りが一緒になって、飲んで――気が付いたら、家にいて。起きたらもう、お互い裸で！　か、香奈穂がこの際だからもう一回しよう、って」

「それに乗ったのはお前自身の弱さだ。女のせいにするのか？」

「お、お前に何が分かる、どけ、莉子を返せ、莉子！」

恭介くんは叫ぶ蓮に構わずスマホを取り出す。

一一〇番しようとしているのに気が付いた蓮は、さっと走り出した。

「待て！」

追いかけようとした恭介くんのシャツを、私は必死で握る。今更ながらに恐怖がじわじわと足元から這い上がってくる。あれは、本当に私が知ってる蓮なの……？

「莉子？」

「ひとりにしないで」

手が震えていて、うまく彼の服が掴めない。恭介くんはその手を大きな手で包んで、そのまま正面から私を抱きしめた。濡れているのに、とても温かい。

「……怖かった」

雨に濡れそぼったシャツを掴んでしがみついて震える私を、半ば抱きかかえるようにして彼は部屋へ向かう。

玄関先で濡れた服を剝ぎ取るように脱がされる。ベッドに座らされ、お互い裸のままぎゅうぎゅうと抱きしめられていると、ようやく恐怖が和らぐ。見上げると自分が傷つけられたような顔をした恭介くんと目が合った。ずきんと胸が痛んだ。どうしよう、迷惑かけてる。

呆れられたら、面倒くさいと思われたら……もういらないと言われたら。

「恭介、くん」

彼を呼ぶ声は震えていた。

「なんだ？」

優しい声が返ってくる。

「……しばらく会わないようにしよう」

「は？」

「迷惑かける……だから落ち着くまで待ってて。絶対解決する。ちゃんと連絡するから」

一生懸命に笑う。大丈夫、私は笑うのが得意だから。

でもなぜか、恭介くんはもっと傷ついた顔をする。なんで？　呆然とする私を、彼は強く強く抱きしめた。背中が痛くなってしまうくらいに。

「莉子、俺の家で暮らそう」

ぽかんと彼を見上げる。恭介くんは私の頭にほおずりをして、後頭部をよしよしと撫でる。

「ここよりは安全だ。そうだろ？」

「そ、うかもしれないけど」

「俺も莉子が見えていないと不安だ。何が起きているのか、莉子が無事か――離れてなんか、いたくない。このマンションよりセキュリティもしっかりしているし。あいつも、俺といればそう手を出してこないだろう」

「でも、迷惑」

「迷惑なわけがあるか……！」

恭介くんは悲痛な声でそう言って抱きしめ直す。

「むしろ、莉子には迷惑をかけられたい。このままだと、莉子がちゃんと無事か不安すぎて、仕事に身が入らない。支障をきたす。莉子のせいだぞ」

「そ、そんなに？」

「だから側にいてくれ」

まるでプロポーズみたいだな、と頭のどこかで思う。そんなはずないのに。私と恭介くんはただのセフレなのに。心配してくれるのは、私が幼馴染（おさななじみ）だからだ。それだけのはずだ。なのに、なのに……大きく心臓が軋（きし）む。

「いいと言ってくれ、莉子。お願いだから」

触れられるだけのキスをされながらそう懇願され、気が付けば私は首を縦に振っていた。

その夜、恭介くんに抱きしめられて眠りにつきながら、私はようやくすとんと腑に落ちた。

そっか、私……恭介くんが好きだったんだ。

いや、ずっと恭介くんを好きだったんだと思う。

辛いから思い出に蓋をして、忘れてただけで、ずっと彼の姿を捜してた。

蓮と付き合ったきっかけだって、外国の歌に出てきた「middle of nowhere」を『これなんて意味？』って聞いた私に、『ほんとは〝人里離れた場所〟だけど』って前置きしながら『〝どこでもないどこか〟のほうが俺は好き』って蓮が笑って言ったから。

『あ、この人、私が捜してた人だ』

そんなふうに思って、恋をして……結局は、蓮を通して恭介くんを捜してただけ。

どこでもないどこか。

それを一緒に探そうと手に手を取って逃げ出した私たち。結局どこにも行けなかった私たち。見つからなかった〝どこでもないどこか〟。きっとそんなところどこにもない。

結局私は、どこまでも自分本位なんだ。

恭介くんにだって、そう。

『莉子のせいだぞ』

そんなふうに言われて、それが優しさだって分かってて甘えた。

怖かったから。

――それだけ？

（ううん、違うでしょ？）

夢うつつの中、私の内側で誰かが笑う。

（あんなことあったあとなのに、ラッキーとか思ってない？　莉子）

胸が痛い。

（さいっあく。恭介くんは、幼馴染だから。あなたが友達として心配だったからだよね、見て見ぬフリができないまっすぐな性格だからだよね？）

うるさい、うるさい。

（なのにラッキーって、同居しちゃうの？　ずるいね。バレたら――）

その子が笑う。

（嫌われちゃうね？）

黙って！

（あなたの感情がばれたら……聡い彼のことだから気が付くよ。あなたが尻尾を振って、蓮をダシに自分の側に来たってことくらい）

「知ってるよ……！」

私は顔を覆う。ぽろぽろ涙が零れて止まらない。

「莉子」

目を覚ました恭介くんが私を覗き込み、焦燥たっぷりの顔で言う。

「どうした？　何かあったのか」

私は首を横に振る。

「変な夢、見ちゃっただけ……」

必死で泣き止もうと頬を拭う手を取られ、手の甲にキスされた。物語の中の騎士さまみたいに、何かを誓うように。

「大丈夫だ、莉子。絶対に守るから」

そう言って彼は唇にキスを落とす。

重なる体温に、彼の言葉に、胸の中が歓喜でわななく。

ああ、なんて、醜い。

私はただのセフレでしかないのに……

私はこの感情がバレないように——そして、彼に本当に想う人ができたとき、せめて笑って離れようと、それだけを心に決めた。

四章（side 恭介）

ふと目を覚ます。

いつもと違う布団の感覚と腕の中の愛おしい体温に、胸がざわめくような激情を覚える。そっと頭にキスを落とし、「好きだよ」と吐息のような声で囁いた。

俺の行動なんか知る由もなく、すやすやと莉子は夢の中だ。何度もキスを落とす。愛おしすぎて、切なすぎて、苦しすぎて、何かしていないとおかしくなりそうだった。

「愛してる」

今度は声にならない声で囁く。君はどんな夢を見ているのだろう。

さっき『怖い夢を見た』と莉子は泣いていた。

怖かったよな。せめて、今は優しい夢を見ているといい。

さらさらと髪を撫でながら、今更気が付く。

莉子が、あんな男に「初めて」を捧げてしまったということに。

あんな男に何年間も触れられ、抱かれていたという事実に。きっと俺に囁かれたことのない言葉すら与えられていただろう。「好き」、「愛してる」、「側にいてね」。

涙が出そうなくらいに、悔しかった。

唇を噛み、莉子を強く抱きしめ直す。

その髪に鼻を埋め、今彼女は俺ひとりが独占しているのだと何度も自分に言い聞かせる。そうやって、ようやくやってきたまどろみに、俺はゆっくりと身を任せた。


手を、繋いでいた。

「今日の物理さぁ、ひどかったよね。私何も理解できなかった」

少し冷たいその手の持ち主は、制服姿の莉子だった。それは俺が通っていた仙台の高校のもの。

だからすぐに気が付いた。これは夢だ。夢だと分かっているのに、俺はなぜか「普通に」返事をする。

「どこが分からなかった?」

「ええとね」

莉子が思い出すように、ぽつりぽつりと話していく。

「そこなら分かる。説明しようか? どこかに行く?」

俺がファストフード店の名前を出すと、莉子はふ、と立ち止まった。

「莉子?」

「……あのね、恭介くん。ウチ、来る?」

「今の時間からか?」

空は茜色。こんな時間にお邪魔しては、莉子の母親も大変だろう。

夕食を食べていけと言われるかもしれないが、そこは遠慮しなくては――

なんて考えて、苦笑した。これは夢なのに。

「あの、ね」

きゅ、と俺の学ランの裾を莉子が摘む。

「今日、親いないんだ」

莉子の頬が赤い。夕陽のせいか、耳まで真っ赤にしている莉子。

それを見て切なくて苦しくて、泣きそうになった。

あり得なかった、過去だった。

莉子の「色んな経験」は全部俺に与えられるもので。

俺の「色んな経験」も、全て莉子へ捧げられるもので。

莉子は俺だけのもので。

俺は莉子だけのもので。

「莉子」

「うん」

「愛してる」

莉子はぱっと俺を見上げて、笑う。

夢の中で、優しい茜色の中で、莉子は笑った。

「大好きだよ、恭介くん」

真っ赤な顔で莉子がそう言って、俺たちは唇を重ねた。

あまりにリアルなキスの感触に目を覚ました。目の前には今の莉子がいた。俺だけのじゃない、でも俺にとって唯一で最愛の愛おしい幼馴染（おさななじみ）。

「……っ、きょ、恭介くくくくん、お、起きたのっ⁉」

「うん」

起き上がると、隣で莉子がなぜか慌てた仕草で髪を整えている。

「どうした。何があった？」

「な、なんでもないよっ」

半身を起こしている莉子は、薄掛けの布団で胸を隠している。

あのあと――莉子の元カレが莉子のもとを訪れたのが、昨夜。

時計に目をやると、針は朝の五時を示している。

「早いな」

「ごめん、目が覚めちゃって」

さらりと莉子の髪を撫でた。気持ちよさげに細められる、優しい目にほっとした。

「落ち着いたか？」

「うん、ありがとう。色々……」

「動けそうなら、朝のうちに俺の家に移ろうか」

「……ほんとにいいの？」

「当たり前だ。当面は必要なものだけでいいと思うけれど」

警察へは、莉子が嫌がるので通報はしていない。とはいえ、個人的に知っている生活安全課の刑事に話を通しておくことにはしていた。

「できるだけ早くこの家は引き払おう。危険だ」

「そっ……かな」

急いで家探すね、と言う莉子に首を振る。

「俺のところにいるといい」

「……いつまで？」

「いくらでも。百年でも」

ふふ、と莉子は笑う。

「死んでるよ～」

「そうかな」

死んでもずっと、側にいたいと思っているのは本当だ。

何がツボだったのか、莉子は笑い続ける。

その笑顔を見ながら、ほんの少し心が緩(ゆる)んだ。

ああ、そうだよな。莉子の昔だとか、経験だとか……そんなことは、どうでもいいんだよな。

全部は納得できない。まだ嫉妬で心が苦しいけれど、色んなことを経験してきた莉子だから、俺はまた惚れたんだった。

　ぎゅうと莉子を抱きしめる。

「恭介くん？」

　不思議そうにしている莉子を、ただ抱きしめ続けた。


「色々住所変更してきたよ」

　莉子からそう言われたのは、莉子と一緒に暮らし始めて一週間目のことだった。

　莉子と話し合い、東京の本社に行橋が出社しているか、毎日莉子の先輩に確認してもらうことにした。莉子のほうでも社内ネットワークのアカウントがログインになっているか毎日確認する、と言っていた。あの執着の仕方にはいくら警戒してもしすぎるということはない。

　……ちなみに、あの男に前科はなさそうだった。職権濫用もいいところだ、とは思うものの莉子の安全が最優先だ。

　このあたりと、莉子のオフィス周辺の警察の巡回も増やしてもらうよう手配した。

　それでも、心配で、心配で、心配で。

　今俺はA庁検事という立場だった。検察官になってから新任検事、新任明け検事として勤務したのちに東京や大阪、京都などの大規模庁、いわゆるA庁に配属される。検察官としてはまだひよっこで研修中のようなものだ。

　次の異動でようやく一人前の検事として現場を渡り歩くことになるか、あるいは法務省本省で法務官僚の職に就くか、はたまた外務省などに出向することになるのか……一応現場を志願しているけれど、どうなるかはまだ分からない。ただひとつはっきりしているのは、確実に転居を伴うということだった。

そのときは、どんな形であれ莉子にプロポーズするつもりだ。何がなんでも、もう離れたくない。心配なだけじゃない。俺が莉子なしでは生きていけないからだ。

「住民票でしょ、免許証でしょ、会社にも届けたし……あとはないよね？」

「あいつにも報告したのか？」

「あいつって誰」

「大川だったか、男の先輩」

できるだけ淡々とした態度を意識したけれど、どうだろう、顔に出てはいやしなかったか。

莉子はきょとんと首を傾げた。

「大川さん？　どうして」

「……気に食わない」

「なんで？　大川さんが恭介くんより一・五センチ身長が高いから？」

「牛乳飲もうかな」

「もう伸びないんじゃないの」

「伸ばすんだよ」

莉子がくすくすと笑う。ああ莉子には自然な笑顔が似合うと思う。莉子自身はバレていないと思っているようだけれど、無理やり浮かべる笑みは見ていて苦しくなるから。

翌朝、午前中に予定されている取り調べに向けて調書を確認していると、コンビを組んで仕事をしている春日さんが俺に声をかける。まだ二十五歳だが、真面目で有能な女性事務官だ。

「今日はお昼どうされますか？」

別に昼食に誘われているわけではなく、単に仕出し弁当の要・不要を聞かれているだけだ。

「今日は大丈夫です」

「そうですか」

淡々と答えた春日さんは、刑事部の事務室に内線をかけて「今日はなしです」と伝える。

検察官の執務室はひどく殺風景だ。俺はブラインドが下ろされた窓を背に、入り口の正面にデスクを構えており、そこと直角になるように事務官のデスクが並ぶ。机上にはノートパソコンと書類が山のように積まれていて、その他はファイルが詰まったスチールの棚と縦型のロッカーが置かれているだけ。

そんなシンプルな部屋で昼前、いつも冷静沈着な春日さんが目を見開いて「嘘でしょう」と呟いた。

「宗像検事が愛妻弁当……？　こんなに無表情な堅物男のどこがいいんやろ……」

「聞こえています」

俺は頬がゆるゆるになっているのを自覚しながら、デスクの上で「いただきます」をする。「ついでだから」と莉子が作ってくれた弁当だ。たこさんウインナーや可愛らしく海苔でデコレーションされた一口サイズのおにぎりが並んでいる。

「ああすみません、びっくりしすぎて。どこで出会ったんです、そんな明らかに可愛らしいお弁当作ってくれる女子」

「……幼馴染です。たまたま京都で再会して」

「へえ」

それきり春日さんは興味を失ったような顔をして自分の弁当を食べ始めた。お互い世間話をするようなタイプでもないので、無言で莉子の弁当を堪能する。うまい。

スマホを見ると、莉子からメッセージが届いていた。デザートにコンビニでプリンを買ったらしく、その写真つき。また太っちゃう、と書かれていて、つい笑った。触り心地がいいからいいじゃないかと返すと、怒った顔のスタンプが返ってくる。可愛い。なんだか本当に付き合っているみたいだ。このまま流れで結婚してくれないだろうか。

「……にやにやしてる」

春日さんが卵焼きを食べながらフラットな様子で言う。

俺が肩をすくめると、彼女はほんの少しだけ羨ましそうな顔をした。ちょっと意外な気がして目を瞬くと、春日さんは「なんです」と嫌そうな顔をした。

定時をはるかに超えて帰宅の途につく。梅雨明けはまだなのによく晴れた夜だ。あまり星は見えない。

「ただいま」

玄関のドアを開けながら思う。「ただいま」と言えるっていいな。揃えられた莉子の仕事用のパンプスの横に自分の革靴を並べる。これだけで幸せになれるのだから、我ながら安上がりだ。

リビングに入ると、ソファで莉子がすやすやと眠っている。テーブルには夕食が置かれていた。莉子も忙しいのだから無理をしないでくれと言っているのだけれど……それでもこうやって作ってくれるのが嬉しくて仕方ない。

まるで新婚だ。

そんな想像をしたらたまらなくなった。愛おしくて胸をかきむしりたくなる。

俺はラグに座り込み、眠る莉子の顔を見つめる。時折震える薄い瞼。なんの夢を見ているのだろう。

そっと額にキスを落とす。苦しいくらい愛してる。頬に、こめかみに、次々にキスを落とす。衝動が止まらない。好きだ、好きだ、好きだ。叫び出したくてたまらない。

唇には触れるだけのキスをしたけれど、足りなくてつい舌を挿し入れる——莉子の舌がびくっと動いた。

「きょ、すけくん？」

バッと身体を離す。どっどっどっと血液が巡る。

やばい。やばい、やばい。起きていた？　起こした？　気づかれた？

もし俺が莉子に恋してるなんて気づかれたら——莉子はここを出ていってしまうかもしれない。

もう少しで、莉子の心も手に入るかもしれないのに。好意がなければ同居なんかしない、と思うから。

ゆっくり間を詰めて、莉子の心を解いて、できれば俺に恋してほしい。

だからそれまでは、この感情をなんとか隠し通さないといけない。

「……っ、いや、その、莉子、……おはよう」

全力で誤魔化す。それしかない。

「お、おはよう……？」

「うまそうだな！」

「カレーもあるよ？」

ソファの上で起き上がりながら莉子は微笑む。

「いい匂いがすると思った！」

「どうしたの恭介くん？　……あ」

「ん？」

何か思いついた顔をした莉子が、部屋着のTシャツをがばっと脱いだ。

「莉子!?」

脈絡がなさすぎて思わず膝立ちになる。

「へ？　違うの？」

「何が！」

「先に」

そう言って俺に向かって、両手を広げた。

「食べるのかなぁって」

「何を！」

「お風呂にする？　ご飯にする？　それとも私？　ってやつかなって」

にこっと笑うその笑みは最強。

「……莉子」

なぜそんな発想に至ったのかはまったく分からない。ただ可愛さがエグいのだけ分かる。簡単に理性が陥落していく。食欲より性欲……いや莉子欲が上回る。

「莉子にする」

「はいどーぞ」

にっこり笑う莉子をぎゅっと抱きしめ、首筋に顔を埋めて匂いをかいだ。いい匂いだ。

「恭介くん」

甘えた声が聞こえた。脳ごと揺さぶられたみたいに、衝動的に莉子を組み敷いた。

それと同時に、かき消してもかき消しても燃え上がる、熾火のような嫉妬心が湧いてくる。さっきみたいなことを、あの男ともしていたのか？　確証なんかないのに、ムカついて勝手に苦しくなる。

ふと、莉子と目が合う。

子供の頃と変わらない、俺を見つめる清らかな瞳。

にっこりと笑う莉子に、ひどく嗜虐心が掻き立てられて——

ただ、欲しかった。なんでもいい、莉子と俺だけの、何かが。

無言でネクタイを外すと、莉子が薄く目を細める。どこか満足している笑みに眉を上げた。

「なに？」

「ううん、なんでもない」

「言って」

莉子の下唇を噛んでねだる。むくむくと湧き続ける嗜虐心に情動が操られて、自分が自分ではないみたいだった。

「ぁ、……はぅ」

「莉子は痛いの好きだよな」

莉子はいやいやと首を振るけれど、そんなことはない。なんて可愛い嘘だ。少し意地悪されるの、大好きなくせに。

「莉子、……こうされたことはあった？」

両手首をネクタイで縛ると、莉子はさすがにぎょっとしたようだった。

「つ、や、……な、ないよっ」

「そう」

低く答え、縛られている手にキスを落とすと、莉子の瞳が期待で揺れる。

「他には？　何されたことない？」

「……されたこと？」

「なんでもいい。莉子の初めて、俺にたくさんちょうだい」

欲しい。全部欲しい。莉子の全部、あますところなく俺のものにしないと気が済まない。

「な、んで……？」

「なんで？　……そういう気分、なのかな」

「き、気分？」

膝で優しく莉子の足の付け根を押し上げる。ぐりぐりと肉芽を刺激すれば、あっという間に莉子の声が蕩(とろ)ける。

「莉子、すごいエッチな声してる自覚ある？」

「やだっ、恭介くんっ、……はぁ、……ッ」

莉子の腰が揺れる。気持ちいいところを自ら俺の膝に押し付けて、淫(みだ)らにあさましく美しく乱れる。

「はー……最高」

思わず出た声は最悪なほど愉悦に掠(かす)れていた。

「や、やあっ、恥ずかしい」

恥ずかしいって、今動いているのは莉子のほうなのに。それを指摘するのはさすがにかわいそうかなと思い、頬を撫でて聞いてみる。

「何が恥ずかしい？」

「だって、だって……ひ、膝で感じるなんて……っ」

「可愛いな莉子、俺の膝なんかで感じちゃって、エッチで可愛い」

自分のものとは思えない甘い声で莉子を呼び、よしよしと髪を撫でる。莉子がぐっと顔を淫らに歪める。興奮で背中がゾクゾクした。

「あ、あっ、あ、恭介ッ、もっと強くしてっ、イきたい……よぉ……ッ」

「こう？」

肉芽めがけて、膝の当たる角度を少し変えてやる。

「や、あ……ぁあ……ッ」

莉子ががくがくと震えた。

淫らに足を自分から開いて……手首を縛られて、膝でイかされている幼馴染。股間が痛くてたまらない。先走りで下着がぬるつく。

「ベッド行こうか。思い切りシたい……」

ネクタイを解きつつ懇願するように言う俺に、莉子は「ま、待って」と顔を上げた。絶頂の余韻で頬が赤いまま、優しい声で彼女は続ける。大切な秘密を打ち明けるような、そんな声音で。

「あのね」

うん、と言う俺の耳元に、そっと唇を寄せる。

「あんな意地悪されて、その、……イったの、は、初めて――だったよ」

顔を覗き込むと、ひどくあどけない表情ではにかむ莉子と目が合った。ふわ、と彼女は笑う。

「恭介くんに初めて、あげたよ」

「っ、莉子」

「意地悪されたから気持ちいいんじゃないよ？　恭介くんだから感じるの……」

その場で犯し尽くしたい衝動を必死でこらえ、丁寧にキスをして、優しく抱き上げた。大切だからだ。莉子が、この上なく大切だから。

ベッドへゆっくりと下ろし、残っていた莉子の下着を全て脱がせる。

「……すごい」

脱がせた下着は、ぐちょぐちょに濡れそぼっていた。

「……言わないで」

ぷう、と頬を膨らます莉子にえげつない情動を覚える。挿れたいと強く思った。ゴムなんて余計なものをつけずにそのままの莉子を味わいたい。

直接彼女を感じて、ぐちゃぐちゃにかき回して、そして先端から蕩けてイきたい。

ふと、不安がさす。婚約はまだでも結婚の約束までしていたのなら、もしかしたらと。

「……莉子」

「なぁ、に？」

くちゅん、と指でとろとろのナカを弄りながら、できるだけさりげなく聞く。

「ナマでしたこと、ある？」

全然さりげなくなかったが、気にした様子もなく莉子は首を横に振る。

「な、いよ……？」

「挿(い)れていい？」

ナマで、このまま。

そう言うと、莉子は慌てた顔をして、少し逡巡(しゅんじゅん)するそぶりを見せた。

「……ごめん。変なこと聞いた」

「いいよ。その、シたいなら」

俺は目を瞠(みは)る。それからじわじわと心が温かくなるのを感じた。あの男に許さなかった一線を、俺には超えさせてくれると彼女が言った。ただそれだけで、その答えだけで、満足だった——今は。

「……聞いただけ。ごめん、ちゃんとする」

「そ、……っか」

莉子はなんだか複雑な表情を浮かべる。残念がっているような気がするのは、俺の欲目か。

「莉子の初めてが欲しい」なんてワガママを言ったから、莉子は気を使ってくれたのだろうか。

莉子は、友達を何より大事にする人間だから——

きちんとゴムをつけて、莉子のナカに挿入(はい)る。

ちゅ、とその額(ひたい)に唇を落とした。

俺が進むと蕩(とろ)ける熱いナカがきゅう、と締まって絡みついてくるのが健気で愛おしくて気持ちいい。端的に言うと「超可愛い」。

「莉、子」

「ふ、ぁッ、なぁ……に？」

「いつか、させて」

「ぁッ、あッ、あ……んっ、なに、を？」

子供が欲しいって君が思えたら。

そうなるほどに、俺を好きになってもらえたら。

そのときは――

莉子の質問には答えず、ただナカをぐちゅぐちゅに突き上げた。ずるずると俺の欲が彼女の溶けそうに熱い粘膜を擦り上げる。

莉子の可愛い口から、淫らな嬌声が溢れ出た。高く上ずり熱くなる、その声。

「ふぁ、ッ、あっ、あっ、ああっ、気持ちいい、よお……っ、恭介くん……っ！」

ぐずぐずになっていく、俺と莉子の身体。莉子の好きなところ、悦いところをただ突き上げて、突き上げて、突き上げて。

「あ……ぁあッ、あッ、あ……！」

びくんと大げさなほど莉子の身体が跳ね、きゅうきゅう締まって俺に絡みついてくる。

「……ッ、く……」

びくびくと脈打ち、俺を食いしめて痙攣するナカを堪能する。

身体から力が抜けた莉子のナカに、容赦なく抽送を続ける。

そこはきゅんきゅん締まって絡みついて——出せ出せと促すようにうねる。

「きょ、すけ……ッ、らぁめ、だって、ば……ッ、イってる、からぁ……んぁ、ふぁッ、あんッ、らめっ、らめ……ぁ、やぁ……ッ」

イっている莉子を更に攻めると、ぐちゃぐちゃになった莉子の全身の肌が汗ばんでしっとりと湿る。キスをすれば、舌先まで震えて全身で感じていると教えてくれる。

それが最高にめちゃくちゃ可愛くて、いつもそうしてしまう。……大抵、俺も気持ちよすぎてイってしまうんだけれど。

「莉子……っ」

名前を呼んで、莉子の腰を掴んで強く打ち付けた。

「ぁあああ……ッ！」

莉子から零れる声は、甘い悲鳴。

でもそれが気持ちいいんだってことは、ぐちゅぐちゅに熱くて蕩けて締まっているナカがこれでもかというほど証明してくれる。

「莉子、はあ、っ、気持ちいい？　俺に意地悪されて感じてる？　俺のが気持ちいい？」

掠れた声でそんなことを聞いてしまう。俺だけだと答えてほしくて、愛情を確かめる子供みたいに甘えて莉子に縋る。ほおずりすれば湿った肌が触れ合う。愛してる。

「ふ、ぁ……」

返事の代わりに、きゅっと莉子のナカが締まった。それが何よりも雄弁に語っている気がして泣きそうになる。

「莉子……ッ」

その熱いナカに直接注ぎ込む妄想に囚われながら、俺は薄い皮膜越しにどくどくと欲望を吐き出した。

ふ、と莉子と目が合う。

柔らかな微笑みが、なんだか——愛し合っているような……そんな雰囲気さえして。

思わず口から出そうになった「愛してる」を、強くキスすることで誤魔化した。


珍しく十八時前に職場を出ると、通用門のところにひとりの女性が立っていた。夏の湿った風に居心地の悪さを覚える。

軽く嘆息し、黙って近づく。おそらく、俺に用事だろうと思ったから。

「なんのご用ですか？」

俺を見上げて、彼女——莉子の元友達である高宮香奈穂はにこりと笑った。

あどけない、子猫のような仕草だ。

だけれど、目の奥が笑っていない。ぐらぐらと煮詰まった、嫌な液体のような黒い瞳。

反射的に警戒レベルを上げた。

犯罪者と毎日顔を突き合わせるような仕事をしていると、時折、こういう人間と関わることがある。

軽微な犯罪、重篤な犯罪に手を染めた者。

そして――「被害者」のことも。彼らは、自分がうまく立ち回るためなら多少の手間も厭わない。わざと被害者になることすらある。

「あのう」

ふと高宮が口を開いた。

「少し、お話よろしいですか？」

俺は黙って、目だけで続きを促した。

できれば早く帰りたい。珍しくこんな時間に仕事が終わったのだから、莉子とゆっくり過ごしたい。

「あの、ここじゃなんなので、どこかでお食事でも」

「無理です。ここで、簡潔にお願いします」

ほんの一瞬……よく観察していなければ分からないほどの動きで、彼女は鼻白んだ。けれどもすぐにニコリと微笑む。

「そうですか。じゃあ、単刀直入に。実はあたし、莉子と仲直りしたくて」

「本人に言えばいいでしょう」

莉子は……どうするのだろう。

許せるのだろうか？　……まぁそれ以前に、高宮の言葉には嘘しかない。

「取りつく島もなくて。怖いんです、怒った莉子」

「怒らせたあなたが言っていい台詞ではないのでは？」

「……そう、ですね」

彼女は髪をさらりとかき上げて、口を噤む。

「ところで」

一拍置いて、低く尋ねた。

「なぜ、俺がここに勤めていると知っているのですか」

「……ふふ。知りたいですか？」

高宮は、そのやたらと丁寧に磨かれた爪先で、俺に触れようとする。

さっと後ずさると、くすくす、と小さく高宮は笑う。

「やだ。反応、かわいいっ」

「……」

じっと睨みつけると、高宮は軽やかに踵を返し背を向けたまま喋り出す。

「……あの、実は。莉子のことなんです。莉子、昔から男癖悪くって～。今もね、会社の先輩と宗像さん、フタマタしてるみたいなんですぅ。それ、伝えておこうと思って」

「そうでしたか」

なんの感情もなく答える。

「また、会いに来ますね？」

「お断りします」

「うーん」

人差し指を頬に当て、高宮は振り向きながら華やかに笑った。

「かなほ、会いたくなってほしいな？」

「二度と来るな」

高宮は一瞬思案するような間を取って、それからコツコツとヒールを鳴らして歩いていく。

ほう、と息を吐いた。

ああいう輩（やから）は、何を考えているのか分からないので理解しがたい。

遠ざかる背中を見つめながら思う。少し調べてみてもいいのかもしれない。ただの勘、それもまだ経験の浅い検事の勘ではあるけれど、「何もしていない」人間の匂いではない気がした。


帰宅すると、莉子がバタバタと玄関まで駆けてきた。なんだそれ。犬か。室内犬か。可愛いの塊（かたまり）なのか君は。

「きょ、きょーすけくんっ！」

「どうした？」

なんだか興奮気味の莉子にそう聞くと、莉子は楽しげに言う。

「今日お祭りしてるよ!?」

「……ああ」

お祭り、でようやく気が付く。

今、京都市内で開催されている祭りのことだ。日本三大祭りのひとつとも言われる、疫病除けの神事を発端とした祭り。特に夜店が並ぶ七月中頃は、京都の夏がもっとも盛り上がる時期でもあった。

「莉子、あの祭りは七月まるまるひと月ある祭りで――」

「屋台出てたよ！」

莉子にとって、お祭りとは屋台のことらしい。俺の雑学披露は特に必要とされていないみたいだった。

「……行くか」

「行こ！」

はしゃぐ莉子は、すでに私服に着替えている。

俺も着替えて、手を繋いでマンションを出た――なんだかすごく、カップルっぽくないか？　ぽいよな？

京都を南北に貫くメイン通りを中心に、いくつもの大きな山車が展示され、屋台も所狭しと並ぶ。いくつかの大きな山では観光客も山車に乗ることができる。

すでにとっぷりと陽は暮れて、ぽかりと空に月が浮かんでいる――が、誰も見てはいないだろう。

誰もが祭りに夢中なのだ。

「あっつー！」

人混みの中、莉子が配られていた広告つきの団扇で俺を扇ぐ。

「暑そー恭介くん、暑がりっぽい」

「そうかな」

ありがとう、と俺も莉子をあおぎ返す。

「家のクーラーさ、少し寒いもん」

「言ってくれ」

別に大丈夫～、とふわりと笑って、莉子はプラスチックカップに入ったビールをごくりと飲む。

「ちょっとだから……と、そうだ」

莉子は楽しげに続ける。

「懐かしい、ね。こういうの」

「ああ」

莉子が何を示しているか、すぐに理解した。

小さい頃、ふたりで行った夜店の屋台——と言っても、親ももちろんいた。莉子の親だったのか、ウチの母親だったのかは覚えていないのだけれど。

手を繋いで、限られた小遣いを持ってどの店に行くのか迷いに迷って——莉子は結局いつも、りんご飴を選んでいた。食べ切れなくて残すのに。

ふ、と頬を緩ませていると、莉子は俺を見て笑う。

「いっつも恭介くん、型抜きなんだもん」

「そうだったか？」

思い出してみるも、りんご飴を途中で放棄する莉子しか思い浮かばない。『中のりんご、美味（おい）しくないんだもん』と言っていた。だから俺はいつも、そのりんごを……

「恭介くん？」

「……なんでもない」

思わず口を押さえたい衝動に駆られた。頬が熱いかもしれない。

莉子が残したりんご飴、可愛い舌で舐めていたそれを、俺は食べていた。幼い俺に対してちょっと羨（うらや）ましくも思うから、俺も大概だ。もうダメなのかもしれない。

俺をダメにしている張本人は、のんびりとあたりを見回しながら「あー、浴衣買えばよかった！」と言いながら笑った。

「来年はさ、浴衣で来ようね」

にこにこと、そう言ってくれる莉子。

「今年は全部平日じゃん？　来年は休日被るっぽいからさ〜」

来年という莉子の未来に、当然のように俺がいるという事実。

胸が痛くて熱くて狂おしくて、――要は、莉子が愛おしくて苦しくて死にそう。

莉子が「来年」に俺を組み込んでいると自覚しないように、俺はそっと手を強く握って頷くに留（とど）めた。

「あ、今日、月キレイ」

思いついたように莉子が空を見上げた。そして月を見つけてそう呟いたから——俺はやっぱり莉子が好きでたまらないと強く思った。

五章（side 莉子）

季節は夏を過ぎ、なんとなく秋めいてきていた。まだまだ昼間は暑くて仕方ないけれど、吹く風も落ちてくる日差しも、どこか夏のものとは違う。

そんな休日のお昼、恭介くんとソファに並んでなんとなくテレビを見ていると、サスペンス物の再放送が始まった。いわゆる二時間サスペンスだ。主人公は女性検事。デスクに彼女の名札が置いてあるのを見て、恭介くんは「こんなの置いてないぞ。というか豪華な部屋だな……いいな、俺の執務室は空調も効きにくいのに。そもそも、なんで段ボールがひと箱もないんだ？」なんて文句を言っていた。そんなつっこみに笑ってしまいながら、ふと気が付く。

「恭介くん、このドラマみたいに事務官の人とふたりで仕事してるの？」

ああ、と頷く恭介くんに、おそるおそる聞く。

「……どんな人？」

ぶっちゃけ女性？　って聞きたかったけど、うー、そこは我慢！

「どんな？　……そうだな、聡明で正義感があって」

「うん」

「仕事ができる人だ」

「うーん」

どっち⁉　男⁉　女⁉　もし女の人なら、ふたりで個室で仕事なんて、恋愛に発展してもおかしくないんじゃない？

仕事だけど。仕事だけどっ！

「……み、見た目は？」

「見た目？」

「ええっと、ええっとー！　このドラマみたいに少し派手な格好でもいいのかなって！」

「いや、華美な服装はダメだ。髪の色は多少明るくても問題ないが……彼女は染めてはいないかな。それに、いつもスーツだ」

「ふ、ふうん」

彼女。

彼女って言ったよ！　オンナノヒト確定だよ！

聡明で正義感のある……か。きっと素敵な女性なんだろう。

どうしよう、その人と恭介くんが恋しちゃったりしたら、どうしよう。個室で、こんなカッコいい人といたら、恋、しちゃわない？

もちろん、恭介くんがその人と本当に恋に落ちたら、潔(いさぎよ)く……はできないかもしれないけど、ちゃんと身は引く。でもまだ、譲りたくない。もうちょっとだけ、あと少しだけ……

私は一晩考えたあげく、「お弁当を作る」という方策に打って出た。たまに作ってはいたけど、今回は本気で気合を入れたガチめの弁当だ。恭介くんはお昼代が浮くからなのか、とても喜んでくれた。

これは、「恭介くんには一緒に暮らしている女がいますよ」アピールなのです。

私、性格悪いかなあ。悪いよなあ。好きな人の恋路邪魔してるんだもんね……。いや恋路とは限らない、限らないんだけど。

私はへこみながら、ついでに作った自分用のお弁当も見つめる。

自身の意地悪さに落ち込みながら出社して、本社にいる先輩に、蓮がちゃんと出勤しているか確認した。システムにもログインしている。ほっと息を吐いた。

なんかやたらとニマニマ上機嫌な香奈穂に、本当は回したくないけど、書類を回す。ミスいっぱいで返ってくるから、自分でしたほうが早いのだ。それと、最近気が付いたけど——やっぱり、わざとミスしてるのもある。ムカつく。ムカつくけど、証拠はない。その辺すごくうまくて、これまたムカつく。それにムカついてしまう自分も、なんかやだ。

今日は、やけに自分の嫌なところが色々見えちゃう日だ。

立ち上がりカフェスペースへ行くと、大川さんが缶コーヒーを飲んでいた。

「お疲れさまです」

大川さんとふたりきりになるのは、この間残業を手伝ってもらって以来だ。ちょっと気まずい。

けど、大川さんはとても普通だった。

「菅原、無理してないか」

それだけ聞かれて曖昧に笑う。

少しだけ世間話をして、大川さんとは別れた。

オフィスに戻ると、自分のデスクにほんの少しの違和感を覚えた。置いていた書類の位置が違うような……この間も名刺入れが一瞬なくなったんだよなあ。お守り代わりに恭介くんの名刺を入れてるやつ。まあ、すぐに見つかったし気のせいかな。

座って、人事に提出する書類をまとめた。

住所変更届。人事システム上での変更はしておいたけれど、住民票の写しも紙で送れと連絡が来たのだ。写し、スキャンして送ってるのに。

午前中のうちに用意しておいたそれを封筒に入れ、社内便のケースに入れる。

本社に行く書類は、毎日こうやって回収されて宅配便で運ばれるのだ。

ケースの前で、ふと香奈穂と目が合うけれど、香奈穂は何も言わず楽しげに去っていく。

なんなんだ、本当に――香奈穂といい、蓮といい、もう私に関わらないでふたりで幸せになってくれればいいのに。

翌朝、会社に行って仕事していると、事件が起きた。

「その書類～、菅原主任が最後に触ってるの見ましたぁ」

香奈穂が私をじとりと見つめる。

朝から社内で大騒ぎしていた、大事な取引先との契約書。『ねぇ、高宮さんがまとめてなかった？』という質問に、朝からずうっと『知らないですー』と答えていた香奈穂が、ふと思いついたように言ったのが先ほどの台詞（せりふ）だった。

ちなみに、以前に香奈穂が発注ミスをしたところでもある。私がフォローしたのだから、私が書類を触っていてもなんら不思議じゃない。

「私？」

「ですよ～」

目を子猫のように細めて笑い、香奈穂は言う。

「昨日、その机の上に、まとめて置いてたんですけどお。菅原主任に確認してもらおうって」

「昨日……って」

慌てて昨日の記憶を巻き戻す。

香奈穂の机にあった、シュレッダー待ち書類！　あれに紛れ込んでたの？

……ていうか、わざと一緒にしてたの？

さあ、と血の気が引いていく。でも一応、シュレッダーかける前に確認はしていた。そんなの紛れ込んではいなかったはず！

「でもっ……」

言いかけて、口を噤（つぐ）む。

そうだ、シュレッダーしてない証拠なんて、ない……

「菅原が？」

訝しそうな誰かの言葉に、香奈穂がのんびりと言った。

「菅原主任～、最近疲れてるみたいだからぁ。どこにしまっちゃったんですか？」

笑顔の圧力で、私に対峙する香奈穂。私は唇を噛んで、でもなんて答えたらいいか分からなくて――

「あれ、何してんの、みんな」

ちょうどそのタイミングで帰ってきたのは、外回りに出ていた大川さんと水城さんだった。

「あ、大川さん」

香奈穂がにこ、と笑う。大川さんは香奈穂をちらりと見たあと、近くの人から「○○商事の書類の」と言われて「ああ」と頷いた。

「オレ、持ってるわ」

「はー!?」

みんなが驚いて大川さんを見る。

「な、なんで!?」

「えー？　今ソコの会社行ってきたんだけど」

水城さんが目を細めて言い放つ。

「なんだよー！」

悪い悪い、って謝る大川さんと、一気に緊張が解けたオフィス。

「言ってよ大川くん！」

「え、メールしてませんでした？」

「してないよー！」

「あれー？　すみません」

ワヤワヤ話すみんなを見て、ほ、と私は肩から力を抜く。なぁんだ。……ていうか、香奈穂を疑って悪かったな。

その香奈穂にふと目をやると、「は？」みたいな顔をして大川さんと水城さんを見つめていた。

「……香奈穂？」

けれどその表情はすぐに掻き消えて、香奈穂は踵を返して廊下へ消えていった。

「菅原、ちょっと」

大川さんに呼ばれて会議スペースに入る。アクリル板で区切られて、外に声は聞こえない。水城さんが眉を寄せて椅子に座って腕を組んでいる。

「あの、私、何かしちゃいました……？」

「莉子ちゃんじゃないよ。高宮さんのほう」

はー、と水城さんがため息をついた。大川さんが「あのさ」と言いながら椅子に座る。

「昨日、梨々花ちゃんが見ちゃったんだよ。高宮がわざわざファイルから契約書出してんの」

「え……」

水城さんはデスクに腕を乗せて「えげつないよね」と呟く。

「わざわざシュレッダー書類に紛れさせたあと、片付け莉子ちゃんに押し付けて帰ったでしょ。あたし、高宮さんがわざとしてんのか突き止めるために、あえて泳がせておいたの」

「怖い思いさせてごめんな。相談されて、オレが提案した」

大川さんが眉を下げた。私は慌てて首を横に振る。

「あ、いえ、とんでもないです……ありがとうございます。押し付けられるのも、結局香奈穂を甘やかしている私が悪いんだと……思いますし」

「それにしても、やっぱりあの子わざとじゃん⁉　大川くん、莉子ちゃん守ってあげなよ」

水城さんが大川さんの背中をばしんと叩く。大川さんはやけに慌てたような顔をしながらも、頷いてくれた。


それからしばらく経ったある日、恭介くんから今日は遅くなるって連絡をもらって、ひとりでソファでゴロゴロしていたときだった。

ＳＮＳのＤＭに一通、メッセージが届いた。一瞬胸がざわっとしたのは、そのアカウントが香奈穂のものだったからだ。ブロックしようとしたものの、一応ＤＭを開いてみる。内容はウェブサイトのＵＲＬだけだった。地下鉄でひと駅先の、ちょっとラグジュアリーなホテルのサイトだ。

「なにこれ……」

呟きつつ、続いて送られてきた写真に目を瞠る。こっそり撮ったように見える写真に写る横顔は、恭介くん。薄暗いバーのような場所でグラスを傾けていた。

どっどっどっどっと心臓が早鐘を打つ。

呼吸を整えようとするのにうまくできない。

「まさか、本当に？」

私はぎゅっと胸のあたりを押さえた。どうして……？

すっかり暗くなったスマホの画面を見つめていると、がちゃりと玄関のドアが開く音がした。

「ただいま」

「お、おかえり。恭介くん」

恭介くんは涼しい顔でリビングでジャケットを脱ぎ、片方の眉を上げる。

「な？　言っただろ」

「うん……でもまさか、本当に香奈穂が恭介くんを狙うとは思わなかったよ。あの、香奈穂は？」

「適当にタクシーに突っ込んでおいた。莉子の元カレと同じような手口を使うつもりだったんだろうな。ホテルにも部屋を取っていたようだ。酔わせて既成事実を作る……女でも男でも関係ない、準強制性交だぞ」

恭介くんがため息をついた。

彼から『高宮香奈穂から接触があった』と聞いたのは数日前。『俺が対処するから莉子は何も心配するな』と言われてはいたのだけれど、それでも心配でそわそわしてしまった。

『おそらく俺を酔わせてどこかしらに連れ込むつもりだろう』と予想していた恭介くんは、えげつないほど肝臓が丈夫なのだ。何杯飲んだか知らないけれど、素面みたいな顔をしている。

「でも、どうして……私の」

そこで言いよどむ。恭介くんは恋人じゃない。

「……私と関係のある人を狙うんだろう」

「分からん。本人には本人なりの論理があるんだろうが」

恭介くんはネクタイを緩めた。いつもはきゅんとする仕草なのに、不安がいっぱいでただ彼にしがみつく。どうして私にミスを捏造してまで押し付けようとするの、私の好きな人を奪おうとするの……？

「莉子、大丈夫だ。今日だって高宮の悪意を証明するために行ったんだし、十分警戒していたから」

「私、こんなに嫌われるなんて……何かしたのかな」

「……ああいう輩は、大抵が一方的な感情の問題で、嫉妬や執着が大半だ。おそらく莉子は何もしていない」

「そう、かな……」

「そうだ。いいか莉子、とにかく気を付けろ。俺のほうでも対処はしておくが」

「対処？」

また……？　と聞き返すけれど、恭介くんは今度は何も教えてくれない。ただ優しく目を細めるだけだった。

オフィスの最寄りの駅で降りて階段を上がると、銀杏が半分くらい黄色になっていた。

香奈穂はあれからもあまり変わらない。大川さんと水城さんがフォローしてくれていることもあり、実害のある嫌がらせはあまりされていなかった。

すっかり冷たくなった風が銀杏の葉を揺らす。

今日もまた、いつも通りの一日が始まる……はずだった。

なのに始業の時間になっても、香奈穂が出勤してこない。

「菅原さん、何か聞いてないよな？」

係長が困った顔をしていた。私からも一応社用携帯から連絡してみたけれど、出ない。

不思議に思いつつも業務を開始すると、いつもよりスムーズに進む。うう、邪魔されないってすごい。

やがて内線で係長が呼び出しされて部屋を出ていき、戻ってきたと思ったら、顔が青かった。

「どうしたんですか？」

「……いや、その」

口ごもる係長。

そのとき、ガラス扉が開いて、別の部署の先輩が「聞いて聞いて！」と飛び込んできた。

「今さっ、本社の同期から連絡あったんだけど！　高宮さん、懲戒処分だって！」

「えー!?」

オフィス内が一気にざわついた。

係長が額を押さえているのを見ると、どうやらこのことで呼び出されていたらしい。

私は呆然と別の部署の先輩を見遣る。……香奈穂が懲戒？

ぽかん、と見つめる私と、先輩の目が合う。「しまった」って顔をして、先輩は私のところに来て小さく謝った。

「ご、ごめん、菅原さんショックだよね、こんな急に……親友なんだよね？」

「ええと、いや、その……」

親友といっても、元がつくけど。

「……なにしたんですか、あの子」

「なんかね、ちゃんとは聞いてないんだけど……どうも、東京本社いたとき、枕営業しちゃってたって」

あの子の顔面レベルなら入れ食いだろうけれど、まさか枕営業だなんて!?

「顧客情報に不正アクセスして、個人的に繋ぎ取って身体の関係迫って、それをネタに仕事もらったりしてたって聞いたけど。業務上なんたらに抵触するようなことも……」

先輩が説明すると、他の人たちも口々に話し出す。

「なーんだ、実は話広まってたんじゃん！」

「枕営業、水面下では噂になってたけど……法に触れるようなことまでしてたわけ？」

「なんか外部からタレコミあったって」

「ていうか本社、捜査入ったらしいよ」

「捜査!?　警察ってこと？」

「いや、検察庁だって」

「検察ぅ？　どういうこと？　東京地検とかの特捜部ってこと？」

「ううん、そこまで大げさではないっぽいけど」

みんな立ち上がって話が盛り上がったタイミングで、またガラス扉が開く。見れば、書類抱えた大川さんが不思議そうな顔をして立っていた。

「何かあったの？」

「あ、聞いて大川くん、高宮さんクビになっちゃったの！」

「えー!?」

大川さんは驚いて目を見開く。

「なにしたの、高宮」

「それが情報が錯綜してて――」

「はいはいホラ、推測でモノを話さない！　各自業務に戻りなさい！」

係長のひとことに、ざわざわとしつつも場が解散する。

私は落ち着かない気持ちでパソコンのディスプレイを眺めた。

思ったより香奈穂のことのショックが大きかったみたいで、ついついぼんやり歩きながら帰宅する。

と、マンションの前に、誰か立っているのに気が付いた。スーツ姿の、年嵩の男性だ。

スマホで何かを確認してるその横顔を見て、私は記憶の隅からその人を引っ張り出す――までもない。

恭介くんそっくりの、横顔。

「あっ！」

思わず叫んだ声に、その人はこちらを向いて、首を傾げて――それから笑った。

「もしかして、莉子ちゃんかな？　菅原莉子ちゃん」

「……っ、です！　お久しぶりです、恭介くんのお父さん」

「よく分かったね」

「だって恭介くんそっくりなんですもん」

恭介くんも多分、あと三十年したらこんな感じになるんだろうな、って顔。

……そのときまで一緒にいられるかは、分からないけれど。

恭介くんのお父さんはすごく不思議そうな顔をする。

「ええと。莉子ちゃん、今も恭介と付き合いあるのかな」

「あー、はぁ、その」

「実は恭介も、このマンションに住んでて」

「……あは」

「あれ？　知ってる？」

知ってます。知ってますとも……

一緒に住んでる、とも言えずもじもじしていると、とお父さんが思いついたように言う。

「もしかして、一緒に住んでたりして、あっはっは」

笑うお父さんに何も言えずに固まってしまう。

「……あれ？　図星？」

「……はい」

恭介くんのお父さんはめちゃくちゃ喜んでくれた。

なんだけど、ああごめんなさい、単なる友達どころか、セフレなんですごめんなさい。ていうか、そんなフシダラな関係に持ち込んだのも私の暴走未遂のせいですごめんなさい。

「いやぁ、莉子ちゃんが嫁に来てくれるなら安心だ」

「……きょ、恭介くんにそのつもりはなさそうなのですが」

「なんだあいつ、同棲までしておいてまだ決断してないのか。意気地のない」

一緒に部屋に向かいながら、そんな話をする。なんでも、仕事で近くまで来たらしい。

「あ、上がってください」

スリッパを勧めながら言う。

お父さんもニコニコしながら上がってくれた。

「落ち着いた部屋じゃないか」

「コーヒーでも……って、あ。お夕食はお済みですか？」

「いやぁ……」

お父さんは目を細めて感慨深そうにしている。

「どうされました？」

「あはは、済まないね。あの莉子ちゃんがすらすら敬語喋ってるなぁって感動してしまって」

「あはは」

ええと、小五までの私、どんなイメージだったんだろう。

「あの、簡単なものでよければ」

「いいのかな。恭介は怒らないだろうか」

「そんなはずないですよ～」

きっと恭介くんも喜ぶだろう。

お父さんのこと、大好きだったもんな。弁護士さんで、人助けしてるんだって。法曹界に進んだのは、お父さんに憧れてなんだろうなぁと思うし。

夕食を用意しながら、にこにこしてしまう。そうだ、サプライズで黙っておこう。

私は急いでサーモングラタンとサラダ、簡単なスープを作る。

「美味しそうだなぁ」

「えへへ」

にこにこしてるお父さんと、グラタンを食べ終わった頃。

ピンポン、というインターホンの音と、カチャリと響く鍵の音に頬が緩む。

「あ、帰ってきました」

立ち上がって、玄関までパタパタと向かう。

「お帰りなさい！」

「……誰か、来てるのか？」

恭介くんは、玄関に揃えられたお父さんの靴を凝視して呟いた。

「そうなの、実は……来て来て〜」

恭介くんの手を引いて、ドアを開ける。

「じゃーん。お父さんいらしてます！」

「よう恭介。挨拶がてら寄らせてもらったぞ」

恭介くんは目を見開いて、お父さんを見つめていた。その目に浮かんでいるのは喜びなんかじゃない。むしろ、正反対の——……え、なんで？

私は混乱して彼から手を離す。どうしたんだろう。お父さんが大好きだったはずの、恭介くん。

「いやあ、莉子ちゃんと暮らしてるなら早く言ってくれないと。母さんも喜ぶ」

「……何しに来た」

低い声に、私はびくりと恭介くんを見上げた。

「ご挨拶だな。息子の顔も見に来てはいけないのか？」

恭介くんはさっと玄関を指で示す。

「馴れ合う気はない。帰ってください」

「……やれやれ。反抗期も大概にしてもらいたいところだ」

「反抗期なんかじゃない。俺は――」

恭介くんはお父さんを睨みつけて続ける。

「俺は、あなたを心底軽蔑しているだけだ。帰れ」

「まったく、親に向かって……では莉子ちゃん、また」

「え、あ、あの？」

お父さんは立ち上がる。

それからお父さんを睨みつけている恭介くんの肩をぽん、と叩いた。

「恭介」

「……なんです」

「例の保険金殺人、お前が担当なんだってな」

恭介くんは無言のまま。

「弁護はオレだ。お手並み拝見といかせてもらおう」

はっ、と恭介くんは表情を変えてお父さんを見つめる。お父さんは振り返ることなく、玄関へ向かっていく。混乱しつつも慌てて追いかけると、お父さんはにっこりと笑った。

「済まないね、莉子ちゃん。少しはあいつも大人になっているかと思ったが、違ったようだ」

「い、いいえ、そのっ」

「グラタン美味（おい）しかったよ。ごちそうさま」

そうして、ぱたり、と玄関のドアが閉まって、しんと張り詰めた空気だけが漂（ただよ）う。

おそるおそる、廊下を歩いて部屋のドアを開けた。

恭介くんは立ち尽くしていた。

それから私を見る。じっと、責めるような目で。

「……なんであいつを家に入れた」

冷たい声に、背筋が凍る。そんな目で見られたのも、そんな声を向けられたのも初めてだった。

幼い頃も、大人になってからも。

「え、あ、だって、だって……」

恭介くんはお父さんが大好きで、誇りに思っていて――

「あんなやつ、二度と関わるな」

低くて厳しい声に、私は何も言えない。ただぎゅっと手を握って、小さく「ごめんなさい」と口にするのが精一杯だった。

恭介くんがスーツを脱いで、着替えている間――私はその場から動けずにいた。

恭介くん、私のこと、怒ってる。当たり前だ。何があったのか分からないけれど……お父さんとの関係は、私が知っているものじゃなくなっていた。

目が熱い。溶けそうなくらい、熱い。申し訳なさと、後悔と、恐怖で身体がすくむ。

恭介くんはリビングに戻ってきて、無言でソファに座って目を閉じる。私を一瞥（いちべつ）すらしない。

嫌われた？

もう私なんか、いらなくなった？

当たり前だ。彼女面して勝手なことするセフレなんか苛つくだけだろう。私は優しさに甘えて転がり込んでいるだけなのに。

そうっと私は部屋を出て、廊下に膝を抱えて踞る。

涙が零れるけど、必死で声を抑えた。迷惑はかけられない。悪いことをしたのはどう考えても私なのに、それなのに泣いたりしたら、恭介くんを責めるみたいになっちゃうから。

しばらくそうやって声を抑えて泣き続けた。大きくしゃくり上げようとしてもうまくいかない。上手に息が吸えない。乾いた変な音が喉から零れて胸の苦しさが増す。余計に涙が零れて、私はひとりでおぼれているみたいだった。

そもそも呼吸ってどうやるの？

涙で顔も頭もぐちゃぐちゃで、よく分からない。

落ち着け、私、落ち着いて。できるでしょ、いつもしていることなんだから。

そう思うのに、また恭介くんの目を思い出して——涙が溢れてまた変な音が喉から出た。

「……っ、莉子っ」

恭介くんの慌てたような声がしたと思った瞬間、がばりと抱きしめられた。

「莉子、莉子、ほら、大丈夫だから。ゆっくり息をして、大丈夫だから」

ぎゅうぎゅうと抱きしめられて、頭を撫でられて——余計に涙が出てきて苦しくなる。

「莉子、ごめん、俺が泣かせた」

恭介くんの辛そうな顔が目の前にあった。

両手で頬を包まれて、何度も名前を呼ばれる。

恭介くんは悪くないのに――ほら、罪悪感抱かせちゃった。それなのに、恭介くんが慰めに来てくれたことに、私は満足感さえ覚えている。最低だと思う。私は自分が嫌いだ。

ぽろぽろと涙が溢れて止まらない。

相変わらずうまく息継ぎできない唇に、恭介くんの唇が重なった。

「莉子、ちゃんと息をして」

キスしながら、恭介くんは懇願するように言う。

「莉子、お願いだから」

切ない声で、背中をゆるゆると撫でられているうちに、ふと息ができた。

そのまま何回も、恭介くんの「ゆっくり、ゆっくり」って声に合わせて息をしていくうちに――なんとか、普通に息ができるようになった。

「莉子、ごめん」

何も悪くないのに、恭介くんはそう言って私をまた抱きしめた。

冷たいフローリングの廊下に恭介くんの声だけが響く。

「ごめん、俺、あの人と折り合いが悪くて……莉子に当たった。本当に、ごめん」

私はゆるゆると首を振った。

「……勝手なことして、ごめんなさい」

「莉子は悪くない。本当に……」

そこで、ふ、と恭介くんは息を吐く。

「……昔あった事件のことで、少し、……あって。それで」

「事件？」

「俺はあの人を尊敬していたよ。小学五年生の、転校する少し前までは」

私は目を瞠る——転校する少し前。〝どこでもないどこか〟を探しに行く、その前のこと？

「仕事であの人は家にほとんどいなかった。でも母さんがあの人は弁護士で、大変な人のために頑張って働いているんだと言うから……俺はそれを鵜呑みにしていた。でも母さんに悪気はなかったと思う。今もそうだと、母さんは信じているんだ。あんな目に遭っておきながら、なお」

「あんな目？」

首を傾げた私に、恭介くんは自嘲気味に頬を緩めた。

「その『事件』の詳細をきちんと調べたのは、大学に入ってすぐのことだった。今から二十年ほど前、若い女性が殺された事件があった。事件の詳細に関しては——伏せてもいいか？　思い出しても胸糞悪くなるだけの、そんな事件だったから」

頷く私に、恭介くんは淡々と続けた。

「彼女の両親は、最後の別れさえできなかった。見ないほうがいい、そう遺体安置所で警察官が言ったと記録に残っていたよ。彼女は、元の姿を留めてはいなかった」

思わず息を呑んで、彼の服を掴む。

「捜査本部の執念的な捜査によって、数年経って犯人が逮捕された。犯人は近所に住む五十代の男だった。人当たりもよく仕事もあり家族にも慕われていたその男には、実は痴漢と強制わいせつの前科があったんだ。どれも示談が成立するか、罰金刑で終わってはいたものの――」

恭介くんの目は、どこか遠くを見ている。怒りがふつふつと滾っている色だった。誰に？　犯人に？　もちろんそれもあるだろうけれど、きっと――

「……その男と被害女性が、彼女の失踪時刻直前にふたりで人気のない道を歩いていくのが、小さな個人商店の防犯カメラに映っていた。状況証拠を積み重ね、そして自供を得た警察は男の逮捕に踏み切った。そうして送検、起訴されて――被告の弁護についたのが、宗像浩介。俺の、父親だった」

予想していた答えに、私は唇を噛んだ。

「弁護する側としては、警察と検察は自白の強要を行ったと、本来なら反省による減刑、死刑回避を狙っていくのがセオリーなんだ。でも、父親が主張したのは完全無罪だった。徹底的に警察と検察の捜査の小さな穴を、重箱の隅をつつくように突き、裁判官の心証を変えていった。あたかも、今まで真っ白だった人間が急に逮捕されたかのように」

遠くでパトカーのサイレンの音が響く。今もどこかで、事件は起こり続けている。

恭介くんは低く沈んだ声で続けた。感情を抑えている声音で。

「ちょうど大きな冤罪事件が騒がれていたこともあって、裁判官の判断は慎重に慎重を重ねて――

無罪判決が下った。保釈される男がカメラに毒突く姿、覚えているか？　ワイドショーなんかで大きく取り上げられていた。五年生になったばかりの頃だ」

私は曖昧に首を傾げた。恭介くんはふっと微笑む。

「『ほらな、見たか！　無罪だぞ！』……そう言っていた。それをテレビで見た父親がため息をついて――なんと言ったと思う？」

私はゆるゆると首を振る。嫌な想像をしてしまい心臓がうるさい。

「『まったく、これだから薄汚い犯罪者は』――そう言ったんだ、あの人は。そいつが犯人だと、あの人は、知っていた」

空気がシン、とする。恭介くんの中にある怒りが漏れ出るように彼の身体は熱い。

「……その後すぐに、男は再び逮捕された。今度は近所の女子高校生を家に連れ込もうとして、怪我をさせて。そうなれば、誰でもすぐに思い至る。やっぱり犯人はあいつだったのだ、と――世論はそれ一色に染まり、やがて家に無言電話がかかってきたり、壁に落書きされるようになった。ひどいときには、窓ガラスに石が投げ込まれたりして――」

「そ、そんな。恭介くんは何も悪くないのに」

「今思えば、あれは『正義の悪意』だったよ。義憤に駆られた一般市民の、犯人に対する憎しみは弁護士だった父親にも向けられた。その矛先は、妻である母と、息子である俺にも向けられて――それで、母の故郷である仙台に引っ越すことになったんだ」

「そう、だったの……」

恭介くんはそれしか言えない私を見て、苦しそうな顔をする。

「莉子」

「……何？」

「俺のこと、嫌いになった？」

「っ、なって、ない」

「……よかった」

ぎゅ、と抱きしめ直される。

「よかった……」

心底、安堵したような声だった。

「私こそ、ごめんなさい。勝手にお父さん、家に上げて……」

恭介くんが検察官になった理由は、お父さんに憧れてじゃなかった。むしろ正反対だった。恭介くんの思う正義を貫くため、彼は検察官の道を選んだんだ。

「いや、何も知らなかったんだから仕方ない。本当に済まなかった、あんな態度を取って」

恭介くんの背中に腕を伸ばすと、恭介くんは一瞬びくりとして、それから私を更に強く抱きしめた。

「莉子」

ただ、そう名前を呼ばれて。

「恭介くん」

ただ、そう名前を呼び返した。

「俺、あのとき言われたんだ。莉子のお父さんに――きっとまた莉子と会えるって、運命的に会えるんだって」

つい、ふふっと笑ってしまう。不思議そうな恭介くんが顔を覗き込んでくるから、私は彼の唇に掠めるだけのキスをして、「お父さんの言う通りだ」と目を細めた。

「また会えたね、恭介くん」

運命かは分からない。この恋が実るのかもまったく分からない。

それでも、私たちは――また出会えた。これだけは本当だ。

「――……ああ、莉子。また会えた」

恭介くんは掠れた声でそう言って、こつんと額を重ねてきた。

そうして声のトーンを変えて、優しい顔をして口を開く。

「……グラタン、美味そう」

「あのね、これキットなの。粉とか全部入ってるやつ。具材と牛乳混ぜてチンしただけなんだけど」

「莉子が作るとなんでも美味いよ」

恭介くんは笑って、私を抱き上げて歩き出す。

部屋のローテーブル前に座って、私を膝に抱えたまま、恭介くんはご飯を食べ始めた。

「……食べ辛くないの？」

「ない。今は、莉子を離したくない」

「ふうん？」

恭介くんはぽつぽつと色んな話をしながらご飯を食べ進める。

食べ終わって、お茶を飲んで、さて、みたいな顔で恭介くんは私にキスをした。

「んむっ」

「デザート食べたい」

「なんかあったかなぁ」

私は冷蔵庫の中のものを思い浮かべる。

「あ、プリンが」

「それより甘いもの」

「なぁに？」

「莉子」

ちゅ、と首筋に唇。くすぐったさに反射的に身をよじると、恭介くんは少し笑う。

「莉子のほうが甘い」

「な、何それっ、やッ、ひゃ……ん!?」

べろり、と首を舐められて、なんだか高くて甘い声が出た。

「ほら」

恭介くんは楽しげに肩を揺らす。

「もう」

私も笑って恭介くんを見上げると、ばちりと目が合う。

なんだか熱くて、切ない瞳の色。

そんな目をされたら、ちょっと勘違いしてしまいそうになる。思わず目を逸らした私の服を、恭介くんは脱がせてきた。

「あ、今日は脱がせるんだ？」

恭介くん、着たままする率が高い。変態さんだからだ。

「……莉子は俺をなんだと思ってるんだ」

「割と変態だなぁとは。生真面目そうな顔……っていうか、生真面目な性格してるのに、カタブツなのに」

面白くてくすくす笑うと、優しく耳を噛まれた。

「ひゃう、やめてよ変態さん」

「……言うよな」

恭介くんはむ、とした顔をしたあと、少しだけ笑った。

「いいよもう、莉子の前では変態で」

「何それ」

そのまま全身を指と舌とで蕩かされ、昂った彼のものに貫かれ、最奥まで抉られて——汗ばんだ身体のまま、私たちは抱き合って眠る。

そうするのが正しいことだと、今はそうするべきだと、なぜだかふたり揃って確信しているみたいに。


まだ明け方も遠い――深夜。

ふと目が覚めたっぽい恭介くんと目が合う。

「悪い、起こしたか？」

「ううん、ちょうど目が覚めて。ねえ、恭介くん」

私は彼の髪を撫でながら尋ねる。

「何か緊張してる？」

「……ああ」

恭介くんは私の髪に顔を埋めて細い声で言う。

「今度の裁判、俺はあの人と戦うらしい。……クソ格好悪いこと言うけど、自信ない」

恭介くんは微かに声を詰まらせた。

「あの人は強いよ」

「恭介くん。私ね、恭介くん最強だと思ってるの」

「……え？」

「足速くて頭良くてカッコよかったから」

「なんだそれ……子供の頃の？」

「うん。でもね、再会しても全然イメージ変わらなかった。恭介くんはカッコよかった。見た目のことじゃないよ」

私は彼の頬を両手で包んで続ける。

「ねえ恭介くん、あなたが検察官になったのはどうして？　お父さんを否定するため？」

「……違う。俺は……泣く人を少しでも救えたらと、そう思ったんだ……親父は関係ない」

「でしょ？　ほら、カッコいい」

至近距離で見つめる彼の眉目。その双眸が瞬き、やがてはっきりと意思を宿す。

「ありがとう、莉子」

その言葉に私は目を細める。いつもの恭介くんが戻ってきて、とても嬉しく思う。

それから色々な話をし続ける。世間話や小さい頃のこと、離れていた間の出来事なんかを……そうして、気が付いたら身体中を弄られていた。

横になったまま後ろ向きに抱きしめられて、大きな手で、とにかく触れられるところ全部触られてる。這い回る手の感覚が気持ちいい。触られたところが熱くなり、お腹が疼く。

「ひぁ……っ」

胸の膨らみの先端を、きゅうと摘まれて爪でつつかれる。腰が跳ねて、イヤイヤと首を振った。

「じゃあやめる」

「……意地悪」

振り向くと、キスされて――ねじ込まれる舌、ゆっくりと舐め上げられる口の中。上顎を擦られて、喉の奥から「ひゃん！」ってあられもない声が出るけど、唇は離してもらえない。

「ん……ッ、んー……」

舌を甘噛みされて、グチュグチュに口の中をかき回されて、恭介くんの唾液を呑まされて——乳房を形が変わるくらい強く、揉みしだかれる。

腰が勝手に動く。

唇が離れて、ふはふはと酸素を吸い込んでいる私の下着を、部屋着にしているスウェットごと膝まで脱がされた。

もう濡れてぐしょぐしょの足の付け根を軽く弾くように触りながら、耳元でからかうように笑って、恭介くんは続ける。

「すごいことになってる」

「い、言わないで」

「可愛いから、つい」

つぷ、と入っていく恭介くんの指。

「つは、はぁ……んッ！」

自分でも、きゅうきゅうと締め付けてるのが分かる。

やがて蠢くように動き出した指に、私はただシーツを握りしめることしかできない。

増える指が肉襞を擦る。目の前がチカチカして、ただ首を振ってイヤイヤと啼く。

恭介くんの指は、私がナカのどこをどうされたらイくのか、もう完全に知っていて——

「ぁ、ぁ……ッ」

びくびくと震える身体と、ナカ。恭介くんの熱い息が首筋にかかって、それすらも気持ちよくて。

「莉子、挿れたい。挿れていい？」

恭介くんは後ろから私を抱きしめて、熱くて硬くなってる恭介くんのを、太ももと太ももの間にねじ込んでくる。

私がだらしなく滴らせた液体をまとい、彼が動くたびにぬるぬると擦られる。肉張った先端が肉芽を引っかけて動く。

「んぁ……ッ」

「……結構気持ちいいな、これ」

恭介くんが息を吐きながら低く言った。ぞくっと快感が湧き上がり、知らず腰が動いた。

「莉子も気持ちいいのか、これ？　すごい濡れてきた……」

「ふぁ……ぁンッ、やぁ……ッ」

ぎゅ、と握ったシーツ。やってきそうな絶頂の気配に太ももが震えたとき、ちゅ、とこめかみにキスが落ちてきた。

「でも悪い、俺、ナカのほうがいい」

そう言って、恭介くんはさっさとゴムをつけて、私をうつ伏せにしてしまう。

寝起きの私は、されるがまま。腰だけ軽く上げたソコに、ぐちゅ、って入ってくる恭介くんの昂りに頭の芯まで快楽が走る。

「つぁ、ぁあ……ッ！」

イくのをお預けにされていた私はそれだけで軽くイってしまって、彼のを強く締め付けた。

「……ふ」

恭介くんの耐えるような息に、めちゃくちゃキュンとする。気持ちいいんだなって分かるから。

同じくらいに、もしかしたらそれ以上に気持ちよくて、私の口から高い声が漏れ出る。

「ふぁ、……ぁ」

そのまま恭介くんはゆっくりと抽送を始める。最初は浅く——だんだん、深く、速く。

「ぁ、あ、あ、やぁ……ッ恭介くんっ、ぁ……ソコ、ッ、気持ち……ぃ、い……ッ」

私の喘(あえ)ぎ声に満足そうに奥を抉(えぐ)って突きながら、ふと恭介くんは笑った。

「さっきは中途半端でごめん」

そう言って抽送を続けながら、肉芽を指で摘(つま)み、扱(しご)いてくる。

「……っ、は、ぁ……っ!?」

「ここでもイきたいよな？　ごめんな」

「や、ぁ、あ、あ……ッ、恭介、だめっ、ダメぇ……ぇッ」

ぽろぽろ、と涙が零(こぼ)れる。

身体の内側と外側、同時に快楽を与えられて、頭がどうにかなりそう。

「……ッ、莉子、締めすぎ」

「ふぁ、ぁ、ごめ、んンッ、ぁあ、ぁ……！」

シーツをぎゅうっと握りしめて、私は淫猥にただ悶える。もうはっきりした言葉なんか出てこない。

「あッ、あッ、あ……ンッ、イ……くぅ……ッ」

両方の快感が、脳味噌まで蕩けさせる。ぐったりと力が抜けた私を、恭介くんは仰向けにした。

「や、……カオ、やばいよ……？」

涙でぐしゃぐしゃで、多分……涎まで出てる。

「確かにヤバイ」

「うぅ、でしょ……？」

「エロくて可愛い」

思わず恭介くんの顔を見る。

恭介くんはめちゃくちゃ真剣に言った。見惚れてしまうくらい、ストレートなまなざしで。

「死にそうなくらい興奮する」

「な、なにそれ……ッ、ゃぁあ……ンッ！」

腰を掴まれて、ぐちゅん！　と奥を突かれた。

「あ、ッ、ら、めぇ……ッ、ふぁ……ぁッ」

ダメ、とか言ってるくせに、私の淫らな本能は、手を恭介くんの背中に回して、足までその腰に回す。

「気持ちいぃ……のッ、きもちい、きもちぃ、んだってばぁ……っ！」

もう理性なんかかなぐり捨ててる。

恭介くんのが欲しくて、もっと欲しくて、ぎゅっとしがみついて。

「ッ、莉子……そんな可愛いことされたら……ッ」

がんがんと腰と腰がぶつかる。そのたびに蕩けた水音が零れる。自分から溢れた粘液が太ももやお尻の割れ目までを濡らしていく。

一番気持ちいい奥に恭介くんのが当たって、抉って、擦られる。私のナカはもうトロトロでドロドロで、きゅうきゅうと恭介くんのを味わうように締め付ける。

「っ、はぁ……ッ、あ、ぁ、ぁ、きょ、ぉ、すけく……ッ！」

「莉子……ッ」

同時に名前を呼び合って、一緒に達して。

ふう、って恭介くんは息を吐いて、それから私を抱きしめた。

「莉子、あのな」

「……うん？」

「俺、本当はこんなに早くない……」

なんだか拗ねたような顔をしてる恭介くんが可愛くて、思わず噴き出す。

「そお？」

ていうか、これ以上頑張られたら、私死んじゃうと思うんだけど。

「……莉子が可愛すぎるからいけない」

すぐ近くにある恭介くんの瞳が、とても優しくて柔らかくて、……とても大事なものを見ているような、そんな目をしている気がしたから。

「恭介くん」

「なんだ？」

「可愛い、って誰にでも言う？」

ついそんな質問をしてしまう。

恭介くんはじっと私を見つめたあと、困ったように笑って答えてくれた。

「莉子だけだ」

ああ、気を使わせちゃったな。そう思うのに、その答えが嬉しくて嬉しくて仕方がなかった。

でも、その一方で、寂しさが付きまとう。

もし恭介くんが私のことを好きになっていたとしたら、きっと言葉にしてくれているはずだと思うから。だって彼は生真面目でカタブツなんだもの。


恭介くんが以前の約束通り草野球に連れ出してくれたのは、十一月の終わり頃だった。

「あ、彼女さんこっちどうぞ」

「彼女さん、宗像にこれ持っていってくれます？」

「えー、いつから付き合ってるんですか」

恭介くんの同僚のみなさんに囲まれ、秋の柔らかな日差しの下で質問攻めにされてしまう。

「ええっと……」

ちらっと恭介くんを見上げたけれど、恭介くんはスンとした表情でひとりでストレッチをしている。ええ、いいの、恭介くん。勘違いされているけどいいの？

ただの幼馴染と訂正していいのか、それともしないほうがいいのか。

セフレがいるなんてバレたら職業的にもよくないと思うし、勝手に関係について言及するのはやめようと判断して、曖昧にニコニコしておくことにした。

「宗像ってめっちゃ無表情ですよね。どこがいいんです」

「え？」

私は目を丸くする。恭介くんが無表情だなんて思ったことなかったから。

「無表情、ですか？」

「えっ、違います？」

頷いて、ストレッチしている恭介くんを見つめた。恭介くん、割と表情変わるほうだと思うけど……。恭介くんは私のほうを見てなんだか困ったような、照れくさいような顔をしている。

「へえ、彼女さんと一緒だと違うんですね」

そう言って同僚のみなさんは恭介くんを見て笑う。

「いやなんか、人間味感じるなあ」

「ほら、宗像って優秀じゃないですか。予備試験も司法試験も学生時代に合格しているし、修習もトップだったし」

初耳なことに目を丸くする。恭介くんってそんなに優秀だったんだ。

「だから、おそらく次の異動は本省か、留学か……ですよね。あ、でも本人は現場を希望してるのか」

「え」

私は目を丸くする。本省？　留学？

すこん、と心臓が抜けたような気分になった。

私、ずっと恭介くんと一緒にいられるつもりになっていた。

ただのセフレのくせに。

転勤なんて大切なことすら伝えられていなかったくせに。

「あれ、知らなかったんですか」

ちょっと焦った顔をしている同僚のみなさんの背後に、恭介くんが立って低く告げた。

「莉子、こっちおいで」

緊張しながら恭介くんについていくと、恭介くんは野球場の隅っこで「言おうと思ってた」と焦った様子で言う。

「異動があるのは……その、ちゃんと」

私は軽く俯いたあと、にっこりと笑ってみせた。

「大丈夫だよ、恭介くん」

「莉子」

「私と恭介くんはただの友達でしょう？　そんなに気を使わないで」

恭介くんの顔からふっと表情が抜ける。そしてゆっくりと大きく息をして、ふっと笑った。

「そうだな」

「……でしょう」

そう答えたとき、遠くから恭介くんが呼ばれる声が聞こえた。試合が始まるらしい。

「……行かないと」

「うん」

私はうまく笑えているはずだ。笑顔は得意だから。

恭介くんが一瞬眉を強く寄せる。それからふっと緩めて、私の指先を握った。

「……なあ莉子、あくまで一般論として」

「うん」

「目の前でそこそこスポーツで活躍されたら、きゅんとするもの？」

「すると思うけど」

私はちらっと応援に来ていた職員のみなさんを見る。何人か女性もいる。もしかしたらあの中に恭介くんが組んでいる女性事務官もいるのかも、なんて嫉妬が湧いてくる。

「じゃあ頑張る」

「……ん、頑張って」

答えた私に恭介くんは笑って、グラウンドへ走り去っていく。

不覚にもその背中にキュンとした。好きだって思う。好きな人なら、何していたってカッコいい。その上、恭介くんは普通に活躍してしまった。ホームランも打ったし、盗塁もしていたし。

「ずるいずるい、お前は本当にずるい」

試合後、同僚の人にそう言われながら恭介くんはベンチに戻ってきた。目が合うと、少し赤い頬のまま私を呼ぶ。

「莉子」

ドキドキしすぎて、うまく返事ができなかった。

帰りの車内で、恭介くんはやたらチラチラと私を気にしている。

「な、なに？」

「いや、なんでも」

「……あの、ちゃんと恭介くんはカッコいいと思ったよ」

他の人もそう思ったんじゃないかなあ。

でもその言葉は口に出せなくて、小さく俯く。お腹に重石があるみたい。

それなのに恭介くんはご満悦な表情を浮かべた。思わず頬が緩む。これで普段は無表情なんて嘘でしょ。

街の風景が見慣れたものに変わってきた頃、ふとスマホに通知が届く。ＳＮＳのＤＭだ。開いてみれば、蓮からだった。窓からスマホを放り出さなかっただけ偉い。なんでこんなに行動パターンが香奈穂と似ているんだろう……って当たり前か。電話もメッセージアプリも拒否しているけど、

SNSのアカウントは知られているんだから。

鍵をかけようと決めつつ開いてみる。予想通りの文言が続いていた。戻ってこい、結婚しようって。

「莉子？　どうした」

「んーん。なんでもない。ねえそれよりさ、私もちょっと野球してみたくなっちゃった」

「そうか。バッティングセンターでも行ってみるか」

「いいねえ」

私はことさら明るく振る舞う。だって心配かけたくない、迷惑がられたくないよ。


「さっむー」

思わずコートの襟を合わせた。

師走も終わりに近づいてる京都は、とても……どころじゃなくて、すごく冷える。寒い。

街の雰囲気はクリスマス一色になっている。

どこもかしこも猫も杓子もきよしこの夜の中、私は恭介くんのクリスマスプレゼントを探して、京都の街をウロウロしていた。何をプレゼントすればいいのか、ぜんっぜん分からない。

恭介くんの唯一の趣味っぽい趣味は、ランニング。

でも靴は合う合わないがあるだろうから、簡単にプレゼントなんてできないし。

思い切って『恭介くんの趣味なに？』って聞いたら『莉子と遊ぶこと』と返ってきた。

『なんで遊ぶのが一番楽しいの？』

『なんだと思う？』

質問を質問で返されて、なんだろうなって考えた次の瞬間には唇を塞がれていて――気が付いたらひゃんひゃん啼かされてたので、もう聞かない！

いいんだけど、セフレなのでそれでいいんだけど！　でもちょっとむなしい……

――と、老舗デパートで靴下を手に取りながらため息をつく。

消耗品でいいかな、もう。靴下なら使ってもらえるに違いない。

そんなことを考えつつデパートをうろついていたときだった。ふと目に、シンプルな作りのマグカップが飛び込んできた。青みがかった白い陶器に金の縁取りが上品だ。

めちゃくちゃキュンときた。すっごい可愛い。

でも、ペアか。ペアのマグカップ……

どうなんだろう。……重い？

だって、今の私はまだ部屋を出ていかないつもり満々だし、気持ちも全然隠せてない。

恭介くんの転勤は、再来年にはあるらしかった。これはもう、制度上の決定事項で動かせないことなのだと恭介くんが言っていた。

私、このまま「好き」って言わないのかな。彼に好きな人ができて、あるいは転勤で離ればなれになるまで。

「やだな」

ぽつりと飛び出た言葉は、人ごみのざわつきに消える。

心臓がぎゅうっとした。胸をかきむしりたくなるほどの寂寞感で喉が詰まる。それくらい、大好きなんだ。

離れたくない。

側にいたい。

だから伝えたい、初めてそう思えた。

マグカップに触れて、想像してみる。両想いになって、このマグカップを使う日々を。なめらかで冷たい感触に、現実味はない。だって「好きな遊び」がエッチなんだもん。ただのセフレだって強調されたようなものじゃない？

でも、チャンスは……なくはない、のかもしれない。少なくとも、今一番彼に近い女の人は私だろうと思うから。

頑張って、頑張って、それでもダメなら諦めよう。

クリスマスの明るい雰囲気のせいだろうか、前向きにそんなことを考えた。

これから先も、ずっと一緒にいられたら、どんなに素敵だろう。普通に付き合って、好きだと言い合えたらって思うから。

……の、前に、ちゃんと自立しなきゃダメだ。

彼の家に転がり込んで、はや数か月。蓮からあれ以来接触はないし、ＤＭも届いていない。きっと諦めたか、冷静になったかしてくれたのだと思う。だとすれば私は恭介くんの家にいる必要はないわけで……

「不動産屋さん、寄って帰ろうかな」

それで無事に家が見つかったら、お礼を言って、それから告白しよう。セフレとしてではなく、一緒にいたいって。そうしたら、彼が京都を離れても、側にいることができるかもしれない……

淡い期待を込めながら、マグカップと靴下を持ちレジへ向かう。

ラッピングされたそれを手にすると、浮き足立ってなんだか落ち着かない。

気に入ってくれるかな？


そうしてやってきたクリスマスイブ。

私と恭介くんは、爆笑していた。

仕事が終わり、それなりに早く帰って予約してたチキンを持ち帰る。サラダを用意したあと、シチューも作っていると、恭介くんが帰ってきた。老舗（しにせ）デパートの紙袋を大事そうに抱えて……

「おかえり」

「ただいま。これ、クリスマスプレゼント。いつもありがとう」

帰るなり恭介くんが出してきたプレゼントの包みに、とってもとっても既視感があった。

同じくらいの大きさと、包装紙。

「あのさ、私からもあるんだ」

そう言って渡した包みに、恭介くんもあれ？　って顔をした。

でもいくらなんでも、中身までは被らないよね〜って思ってたら、被った。モロ被りだった。

「嘘でしょ⁉」

「買った店まで同じだな」

合計四つのマグカップをテーブルに並べてみた。うん、どこからどう見ても同じ。

「あはは、なんで？」

「いや、たまたま見かけて。……その、ふたりで使えたらな、と」

恭介くんがちょっと気恥ずかしそうに言うから、またキュンとしてしまう。

目が合って、またお互い笑い合う。ほんとに変なの！

「こういうの、昔もあったよな」

懐かしそうな声色で言い、恭介くんはテーブルの上で手を重ねた。

そういう仕草にちょっとドキンとしつつ、んん？　と首を捻って過去の記憶を掘り起こす。……あ、あった。

「マフラー事件」

「また忘れてた？」

ムッとする恭介くん。

「あは、ごめん。でもあれは、……ちょっと違うかな？」

小学一年生のクリスマス、プレゼント交換をしようということになって……今思うと、親同士の約束か何かだったのかなと思うんだけれど。

「私さ、アホだから。自分が欲しいもの、恭介くんにあげちゃったんだよね……」

可愛らしい、ピンクのマフラー。

そして、恭介くんが選んでくれたのは、私が欲しがりそうなピンクのマフラー。

デザインは多少は違ったけれど、とにかくそれをプレゼントしてくれて。

「今思えば、お母さん止めてくれればよかったのに……」

「莉子の母さんらしい」

恭介くんは穏やかに笑っている。

「あれ、結局つけてくれてたよね。ありがとう」

めちゃくちゃ揶揄われてたのに。

今はそうでもないのかもしれないけれど、当時は「男の子がピンクのものを持ってる」って、結構勇気がいることだった。なのに恭介くんは、翌年私が誕生日に別のマフラーをプレゼントするまで、それを使ってくれたのだ。

「いや、嬉しかったから」

「ピンクなのが？」

「……莉子と、お揃いみたいだったから」

恭介くんの指が、つ、と私の頬を撫でた。

「恭介、くん」

「揶揄われたりする恥ずかしさより、莉子とお揃いっていうのが……そのときの俺にとって、何よりも大事なことだったんだ」

——何よりも、大事？

じっと恭介くんを見つめていると、ふ、と困ったように恭介くんは笑う。

……こんなふうに笑われるの、増えてる気がする。

どういう意味なんだろう？　もしかして、と勝手に期待する気持ちが湧いてしまう。

恭介くんがソファに座り、私の名前を呼ぶ。

「莉子」

「なぁに？」

「おいで」

優しい響きだった。なのに拒否できない何かを内包していて、私はふらりと立ち上がって恭介くんの前に立つ。

「君が欲しい」

そう言われて引き寄せられて、膝に乗って、抱きしめられた。腰と、後頭部に回る大きな彼の手のひら。大好きな手。

唇を重ね、貪（むさぼ）られて——本当に、食べられちゃうんじゃないかってくらいに。

欲しい、ってどういう意味？　今、身体が欲しいってこと？

それとも——……

ねえ、期待しちゃうよ。

私はキスの合間に小さく、でもはっきりと口にする。

私も恭介くんが欲しい、って。

とたんに舌を甘噛みされて、恭介くんの首に回した腕に、きゅっと力が入る。

「……っ、はぁ……」

ちゅ、と吸い上げられて、腰がびくりと震える。

背中を撫でる彼の手のひらがひどく熱い。男性らしい指先が服をたくし上げて、下着のホックを外す。はあっと息を吐く。湧き上がるあさましい劣情にお腹の奥がくちゅくちゅに潤む。

前向きに座り直させられると、後ろから抱きしめられた。うなじに触れる彼の唇に、私は何か特別な意味を見出そうと必死だ。

カットソーに滑り込んできた彼の手が胸の膨らみに触れた。

「……ぁ」

「莉子の、触るだけで本当に気持ちいい」

耳を甘く噛んでくる彼の歯列。噛まれているのは耳なのに、お腹の奥までゾクゾクと甘い快楽を覚える。

「ふ、ッ……あ、んまっ、大きくない……よぉ？」

「ちょうどいい」

先端を押し込み、揺らすようにして強く動かされる。

「っ、ぁ、……はぁあンッ、恭介くんっ、あンッ、あンッ、あ……ッ」

ただ恭介くんの手に気持ちよくされてしまう。彼の指先が、吐息が、うなじに感じる視線が、どれも熱くてそこから溶けていってしまいそうで。

子宮が疼く。なんて淫らな本能なんだろう……

スカートをまくり上げた恭介くんが「足、拡げて」って低い声で言う。耳元で言われたその言葉に、頭がしびれたみたいに抗えない。おずおずと少しだけ開いた太ももをひと撫でしたあと、彼は私の下着をタイツごと膝まで下ろした。

「脱いで、莉子」

片足だけタイツを脱いだその両足の付け根、蕩けきってるそこに、指を這わされる。

「ふぁ、ぁあ……ッ」

そっと触れられただけなのに、上ずった声をぽろぽろと零してしまう。

彼は男性らしい節くれ立った指を埋める。イヤイヤと首を振るのに、足は自分から開いて卑猥に誘う。ぐちゅぐちゅと、私から溢れ出すイヤらしい水音。

耳を甘噛みされ、胸の先端をきゅうと摘まれ、ナカの指が肉襞をちゅこちゅこ、という音と一緒に擦り上げて刺激して──私は喘ぐことしかできない。

「あっ、あ、あ……ッ、きょ、すけく……っ、きょおすけくんっ、きょおすけ、くんっ」

手が彷徨う。掴まるところが欲しくて、恭介くんの太ももを強く掴む。

「っ、……ぁあ……」

仰け反るように達してしまう。恭介くんの指を食いしめるナカがひどく痙攣しているのが分かる。

収縮して、うねって、ひくついて。

溢れた淫らな水で、恭介くんの服がすっかり濡れてしまっていた。

「ふ、ぁ……ごめ」

「謝ることはない。けど……脱がなきゃな」

恭介くんは私を膝立ちにさせて、ソファの背に手を突かせた。うまく力が入らなくて、ソファの背にしなだれかかる。

恭介くんは服を脱ぎながら、ベッドのほうに向かう。コンドームを取りに行くのだと思う。

私はぐったりと自分を見下ろした。乱れたカットソーとスカート、片足にはまだ脱いだタイツと下着が引っかかっている。ひどく卑猥だ。恭介くんと再会するまで、こんな格好したことなかった……

羞恥で目を伏せた瞬間、背後から抱きしめられる。

うなじにキスされたかと思うと腰を掴まれ、蕩けてぐずぐずになってるナカに屹立が埋め込まれていく。

「……はぁ」

ため息のように声が漏れた。ずっと待ってた硬くて大きな熱。

ゆっくりと抽送を開始した。肉襞の間を押し広げるように動き、最奥をぐっと突き上げた瞬間、抗うこともできず絶頂に呑み込まれた。掠れた息が降ってきたあと、絶対にイっているのは伝わっているはずなのに彼は容赦なく動き出す。

「あッ、あッ、あ……ッ！」

恭介くんの動きに合わせて、私の声が零れる。

少し姿勢を変えて抱きしめられ、たまらず何度も彼の名前を呼んだ。

「やぁ……あッ、きょーすけっ、イ……ってる、からぁ……ッ」

「ん、知ってる。可愛い、えぐい」

恭介くんが愉しげな、大人の男の人の笑い方をして腰の動きを速くする。イってるのにイって、絶頂に絶頂を重ねて、もはや私は自分がちゃんと息をしているのかも分からない状況で、ただ彼に無理やりに快楽を叩きつけられた。

飛びかけた記憶に残るのは、私のナカで好き勝手に動く彼の太い昂りと、耳元で何度も私を呼ぶ、熱を帯びた掠れた声だけだった。


翌二十五日は、京都に今シーズン初の雪が舞い散った。ホワイトクリスマスだ。

「今日もクリスマスパーティーしようね」

寝起きで窓から雪片を見つつ言うと、恭介くんは背後から私を抱きしめて聞く。

「昨日もしたのに？」

「楽しいことは何回でもしていいんだよ」

自信満々にサムズアップして笑ってみせると、恭介くんも真面目な顔でサムズアップを返してくれる。

「ふふっ、なにこれ」

「莉子がするから」

ふたりで顔を見合わせて、笑った。

あー、恭介くんのこと、やっぱりすごい好き。

マンション出ると、そこそこの積雪だった。バスは相当遅れが出ているだろう。

「恭介くんさー」

「うん」

「高校までは仙台？」

「そうだが」

「じゃあ雪慣れてるね？」

滑っちゃいそう、手を繋いで？　って甘えてみた。

「仙台、そこまで雪降らないぞ」

そう言いつつ恭介くんは手を繋いでくれたけれど——私は手袋を奪い取って素手で繋ぎ直すと、恭介くんのコートに手を突っ込む。

「こっちのがあったかい」

「まぁ」

確かに、と呟きながら、恭介くんはきゅ、と手を強く握ってくれた。

そのまま地下鉄まで行って、改札でばいばいって別れる。

「早めに帰る」

「うん」

恭介くんが笑い、私も笑った。何気ない、いつも通りの朝だった。


出社して、なんとなく習慣になっている蓮のシステムへのログインを確認する。うん、ちゃんと出社してる。ほっと安心しつつ、通常の業務を始めた。

日が暮れて、オフィスを出る。

「あ、止んでる」

濃紺と黒を混ぜたような空には、星が浮かんでいる。雪が止んでしまったのが、少しだけ寂しい。足元の歩道の煉瓦(れんが)は、溶けかけた霙(みぞれ)状になっていた。

滑らないようにしなきゃ。そんなことを思いつつ大通りから路地に入る。やっぱり風が冷たい。ビルに遮(さえぎ)られているぶん、路地のほうが多少はマシかも。

駅まで歩きながら、夕食について考える。二回目のクリスマスパーティー、和食でいくのも悪くないかも。鍋なんかどうだろう……と頭に思い浮かべていると、ふと目の前に誰かが立った。

顔を上げる。

ぼんやりとしたオレンジ色の外灯と、誰かの影。

「……莉子」

久しぶりに聞いたその声に、背筋が凍る。

「蓮？」

なんとか名前を呼んだ。異様な雰囲気に思わず後ずさる。

なんで？　今日は、出社してたはず――まさか早退してここまで来たの？　なんのために？

「クリスマスだからさ」

蓮は笑って続ける。

「クリスマスプレゼントをと思って」

彼が手に持っているのは、小さな紙袋。

「指輪――欲しがってたから」

ずい、と差し出されたけれど、私はゆっくりと首を振る。

「いら、ない」

「なんで？」

「受け取れない……！」

「あいつがいるから？」

オレンジ色のボヤけた灯り（あかり）の中、蓮はゆっくりと首を傾げた。

「あいつがいるから？」

同じことを、繰り返す。

「……っ、そう、だよ。好きだから」

「莉子」

優しく蓮は微笑む。

こちらを見ているのに、視線はなぜだか合わない。

「オレと離れてて、少し寂しくなっちゃったんだよ。その隙間にあいつが無理やり入ってきたんだろ？」

「ち、違っ」

「おいで、莉子。一緒に帰ろう」

ゆっくりと近づいてくる蓮。両手を広げて、優しげな声色で。

喉に声帯が張り付いたみたいに、うまく声が出ない——

「何してんだよ」

急に聞こえてきた声に、ばっ、と振り向く。

大川さんが、コートに両手を突っ込んで寒そうに歩いてきていた。

「行橋か」

「……あんたもよく莉子といますよね、大川さん」

「あれ、部署とか一緒になったことあったっけ？」

「あんた有名人ですから」

蓮は低く言う。

「今度は莉子を狙ってるんですか？」

「……は？」

「有名っすよ、女癖悪いって」

「はは、オレモテるからさあ」

飄々とする大川さんだけど、表情は険しい。やっぱりはたから見ても蓮の様子は変なのだと思う。

「そんな野郎、莉子に近づけてたまるか！」

突然激昂した蓮は、肩をいからせて大川さんへ向かっていく。

「莉子をこれ以上傷つけさせない！」

「傷つけたのはテメーだろうが！」

大川さんが怒鳴り返す。

だけど蓮が何かを取り出したとたん、大川さんの顔色が変わった。

「お前、それで菅原に何する気だった⁉」

「うるさいうるさいうるさい！」

蓮が持ってるのは……スタンガン？

「菅原っ、警察呼べっ」

大川さんの視線がこっちを向いた瞬間——蓮はそれを大川さんの首に押し当てた。バチバチ、と鳥肌の立つような音がして……

「っ、お、大川さんっ！」

ずしゃり、と大川さんは霙混じりのアスファルトに倒れ込む。

「ど、どうしたの⁉」

路地から知っている声がして、私の身体がようやく反応した。水城さんだ！

声を上げようとして、でもできなくて身体を強張(こわば)らせる。うなじに当たる冷たい感覚にひゅっと息を吸い込んだ。

「莉子。ここでお前を失神させて、ついでに大川さんも水城さんも殺していいんだぞ？」

「こ、殺す……？」

水城さんがこっちに近づいてきている。背後で蓮が笑った。

楽しげに、おもちゃを見つけた子供みたいに。

「これ、リミッター外してある」

指先が震えて、視点が定まらない。

「莉子は、いい子だよな？　車、乗れるよな——乗れ」

一段と低い声で命令され、ふらふらと車に乗り込む。背後で水城さんが「大川くん！」と叫んでいるのが聞こえた。


車でしばらく走ったあと、蓮は私の両手足に手錠をつけた。バラエティーショップで売っているようなちゃちなやつではなく、重厚な重みのある、一目見ただけで簡単に外せないと理解できるものだ。

カーステレオからは聞きなじみのあるクリスマスソング。明るい曲調に合わせて蓮が鼻歌を口ずさむ。

「莉子、去年のクリスマス楽しかったよな」

無言でいる私に構わず、蓮は喋（しゃべ）り続ける。

怖くて苦しくて——ただただ、たったひとりの顔を思い浮かべて、私は唇を噛む。

恭介くん、助けて。

蓮の車で連れてこられたのは、京都市のだいぶ南のほうだった。

私鉄の線路がほど近い古いマンションの駐車場に、蓮は車を停めた。

何度も逃げようとしたけれど、そんな隙はなかった。

スマホも取り上げられてしまっている上、手錠があるのでまともに歩くことすらできない。

「おいで、莉子」

蓮は信じられないほど甘い声で私の名前を呼び、これ以上ないほど恭（うやうや）しく私を抱き上げた。

防犯カメラもなさそうな、ごおんごおんと音が響く古いエレベーターで五階に向かう。

「ネットでさ、違法改造してあるやつ買ったんだよ。でもまさか、あんなに効き目あるなんて。成人男性一発ってやばいよな。これでもう一段階リミッター外したらクマでも殺せるかな。あはは、莉子に使わずに済んでよかった」

私は首を振るけれど、蓮は私の反応なんか見ていない。

蓮に横抱きにされたまま運び込まれた部屋で、私は黙り込む。

ワンルームの冷え切った室内には、聞き覚えのある洋楽が流れていた。恐怖と混乱で、それがなんなのか思い出せない。

何度か息を吸って、吐いて、それから小さく呟いた。

「なに、これ……」

「莉子だよ」

蓮が少し、恥ずかしそうに言った。

私の写真が、隙間なく、壁中に……天井にまで貼ってあった。

「寂しかったから。一枚莉子の写真が増えるたび、少しだけ隙間が埋まる気がした。莉子がいなくなった隙間」

「……蓮っ」

私は震える身体を叱り付けて、座らされた冷たいフローリングの上で叫ぶ。

「蓮、なんで私に執着してるの？　蓮は香奈穂を選んだんじゃん！」

「騙されたんだよっ！」

蓮の叫び声が写真以外何もない部屋に響く。

「莉子と別れるつもりなんかなかった……！　プロポーズだって、もうするつもりで！　あいつはな、莉子に嫉妬してた。仕事が順調で恋人と結婚秒読みのお前に。ずっと下に見てたんだとさ、なのに自分より幸せそうなのが気に食わなかったって。だからあの日俺を酔わせて……」

「……でも、起きたあともシてたんだよね？」

私が遭遇した場面だ。

「それもあいつの罠だったんだ。あいつ、莉子が来るの知ってたんだろ？　玄関の写真立てまで隠して！」

「そうだよ。性欲に負けてそれにまんまと引っかかってヤっちゃったのが蓮なんじゃん」

「違う！　あいつが悪い、あいつが悪いんだ。莉子が京都ですぐに幸せになっているのを見て、壊してやるって異動願い出すようなやつだぞ。異様に負けず嫌いで、莉子に執着してた。頭おかしいだろ！　でもオレはもう騙されない。莉子、お前を愛してるから」

「愛している人がいるのに、別の人とセックスするような人と」

私は蓮を見据えたまま続ける。

「私、結婚したくない」

蓮は無言で私を見下ろしている。その目は死んだ魚みたいで、生臭ささえ感じられるような――

「……莉子は分かってない。どれだけオレが莉子を愛してるか」

「愛してたら別の人とエッチなんかしないって！　蓮が何しても、私もう、無理……ッ！」

衝撃が頬を襲った。

殴られた、と気が付いたのは、身体がフローリングに叩きつけられてから。

ぐわんぐわんとする頭で、伏したまま蓮を睨みつけた。

「……しょうがない。莉子」

蓮は近くにあった旅行鞄から、光る何かを取り出した。それが包丁だと認識するのに少し時間がかかる。

その銀の刃物には見覚えがあった。

ふたりで暮らしていた東京のマンションで使ってた包丁だ。

「一緒に死のう」

「……え？」

「オレと莉子は愛し合ってるのに、邪魔ばかりされる……」

蓮は笑った。

「宗像を殺そうかとも思ったんだけど、莉子は優しいから、あいつが死ぬのは嫌なんだろ？　だから、殺さないであげる。その代わり、オレと死んで」

「……なに、言って」

「ん？　オレ、変なこと言ってる？」

「言ってるよ！　やだ、私、死にたくない……！　目を覚まして蓮、あなたそんなことするような人じゃ──」

「ならオレと結婚して」

「それは」

つい黙った私の目の前で蓮が頭をかきむしった。

「ああもう苛々する！　苛々する！　なんで言うことをきかないんだよ、オレの言う通りにしてくれないんだよ、愛してる、愛してるのに！」

そうしてふと黙り、細い声で言う。

「とりあえずあいつ殺してこよう。そうしたら莉子も諦めつくだろ……」

「ま、待って」

「待たない。そろそろ仕事終わってる頃か？　待ち伏せして刺す。刺し殺す。ぐちゃぐちゃになるまで刺してくる」

「や、やだ……やめて、蓮、やめて」

「なんでだよ。莉子がオレの言うこときいてくれないのに、なんでオレだけ莉子のお願いきかなきゃなんないんだよ」

私は唇を噛む。頬が痛んだ。口の中も、血の味がする。

もう――恭介くんを、巻き込めない。

十分なほどに巻き込んじゃってるとは思うんだけど……だからこそ、これ以上は。

「蓮の言う通りにする。全部するから」

痛む頬を無理やりに笑顔の形にする。私は笑顔が得意だから。

「だから……恭介くんには手を出さないで。お願い、蓮」

「莉子」

蓮の声が穏やかになる。

「やっと笑ってくれた。やっぱり莉子は笑顔が似合う。いつもいつも笑っていたオレの莉子」

泣きそうになるのをぐっと抑え込んで笑顔を作り続ける。蓮が嬉しそうに微笑んだ。

「莉子、死ぬ前にキスしていい？」

「いいよ」

「抱きしめていい？」

「いいよ」

「セックスしていい？」

「いいよ」

「なんで莉子……泣いてるの？」

ぽろぽろ、と涙が溢れて止まらない。表情は笑っているのに、涙腺が負けてしまった。大丈夫大丈夫、私は笑うのが得意なの。にっこり微笑む。

「ああ、嬉しくて？」

蓮が笑って言った。

頷いた拍子に、ぽとん、と。

ぽたぽたと、涙が冷たい床に落ちていく。

恭介くん――

朝、手を繋いでた。

あったかかった。

楽しかったな。

――幸せ、だった。

恭介くんと過ごした小さな頃の思い出と、一緒に過ごした今日までの日々だけを大事にして、蓮と死のう。

こんなふうになった責任はきっと、――私にも、あるんだろう。

「嬉しい、莉子。生まれ変わったら結婚しようね」

「うん、いいよ」

目を、閉じた。

キスでもハグでもセックスでも滅多刺しでも、好きにしたらいい。

恭介くん。

ただ、好きな人を想う。

最期にもう一度だけ、声が聞きたかった――

蓮が私の肩に触れる。外される手錠、起こされた身体。座り込む私の前にしゃがみ込み、小さく鼻歌を口ずさむ。さっきから部屋に流れているこの歌、この歌は。

「あ」

このタイミングで、間抜けな声が出た。不思議そうに私を見る蓮に「これ、あれだよね」と呟いた。

「どこでもないどこか、の歌だ」

なんだか自然に微笑むことができた。蓮は虚を突かれた顔をして、それからぐしゃぐしゃに顔を歪め立ち上がり後ずさる。

「あ、違う……違うんだ。オレはただ、ただ、莉子、お前と」

そうして何か言おうと口を開きかけたところで、ガシャン！　という大きな音が部屋に響いた。

やや遅れて、床に何か重いものが落ちる音。

頭が色んなことを認識する前に、蓮が目の前から消えた——というか、床に倒れ込んでいた。

「覚悟はあるんだろうな？　下衆野郎」

低い声の主を見上げ、背中を見つめる。

「……莉子」

好きな人の声。大好きなひとの、声。

最期に聞きたいと願ったその声が——私の名前を、呼んだ。

恭介くんの背中。

見慣れたスーツとその広い背中。

きらり、と光るのはガラス片か。

私は涙が止まらない。

「……宗像恭介」

蓮が蹲ったまま、恭介くんを睨みつける。

左手のスタンガンは手放していたけれど、右手の包丁は握りしめたままだ。

「なぜ名前を知っているのかは、この際どうでもいい。——行橋蓮」

恭介くんは低く言う。

「お前だけは絶対に許さない」

「うるさい、邪魔を、邪魔をするな」

蓮はふらりと立ち上がる。

包丁がきらりと蛍光灯の冷たい光を反射した。

割れた窓から、びゅうっと冬の風が入り、止んだはずの雪が吹き込む。その雪片の冷たさが、殴られて痛む頬に沁みる。

「……っ、お前から殺す。オレの莉子、オレだけのものだったのに、莉子は……！」

蓮の両眼から、ぼろぼろと涙が零れ落ちた。

「お前を殺して、莉子と死ぬ」

「させると思うか？」

怒りを押し殺した、恭介くんの声。

一瞬見えたその頬には、真一文字に傷。ガラスで切れたのだろう、傷から一筋の血が垂れ、白いワイシャツに染みを作る。

「させるとかじゃない、するんだよッ！」

蓮が包丁を振り上げた。

私はほとんど反射的に、恭介くんの前に躍り出る。両手を広げて、少しでも恭介くんにあの恐ろしい銀色が当たらないように。

「ダメっ！」

「っ、莉子！」

恭介くんの腕が、庇うように私の身体を抱きしめる。

私も恭介くんを抱きしめた。
ぎゅうっと。
どうか恭介くんが怪我をしませんように。
明日も、健やかでありますように。
私は——どうなっても、いいから。
そう覚悟していたけれど、痛みも熱さもなくて。
ゆっくりと目を開けた。
そろり、と振り向くと、蓮は両手をだらんと下ろして私を見ていた。
「……蓮」
蓮の目から、つう、と涙が零れた。
その目からは、さっきまであった狂気みたいなものが削げ落ちていた。
涙で流されてしまったかのように。
部屋に、あの歌だけが響いている。
Middle of nowhere.
どこでもないどこか。
「莉子」
蓮が呟くように言って、悲しげに私を見て頬を緩めた。
「この曲……覚えていて、くれたんだな」

私は泣きたい気分になる。私が、あの曲を通して蓮に恭介くんの面影さえ見つけなければ。そうしたら彼はきっと、きっと、こんなことなんて……私のせいだ。私が、私が抱き続けたあさましい恋心のせいで。

そのとき、ばあんと扉が開く音が、続いてドタドタと革靴の足音が聞こえてきた。

「行橋ッ！」

「刃物持ってるぞ！」

「確保だ！　そっちから回れ！」

制服を着た数人の警官と、スーツの……刑事さんだと思われる男の人が、あっという間に蓮を組み伏せた。

取り上げられる包丁――蓮は、抵抗らしい抵抗をしなかった。

「行橋蓮！　傷害の現行犯で逮捕する！」

両手にはめられた手錠を、蓮は――それをなんだか、憑き物が落ちたような目で見つめていた。

私は救急車に乗せられて搬送された。頬の治療と、頭を打っているという理由で一晩の検査入院となった。

検査と治療の合間合間に、女性の刑事さんが話を聞きに来た。開口一番に気にかかっていた大川さんのことを聞くと、小さなやけどがあるくらいで元気だとのこと。

「……よかった」

ぽつ、と呟いて私は頭を下げる。

そのあとは、「今日はもう寝てください」と看護師さんに個室の病室に通されて、点滴された。

静かな部屋の中、見慣れない天井を見上げながら呟いた。

生きてる。

ふうう、と息を吐く。

「生きてる、よ……」

恭介くんも。

蓮も。

「私、も……」

今更ながら、震えが襲ってくる。

死ぬところだった。恭介くんが来てくれてなかったら、私は殺されてたんだろう。

けどもしかしたら、そうならなかったのかもしれない。

最後に見た、蓮の目。

以前の穏やかな……優しかった蓮。

少し弱いところもあった、普通のいい人だった。

死ななくて、よかった。

震えて泣いてる私のおでこに、ふとあったかい手が触れる。

「莉子」

「恭介くん」

抱きつきたくて、無理やり身体を起こす。

「っ、無理するな」

「恭介くん……！」

ぎゅ、と抱きしめる。抱きしめられる。恭介くんのあったかい身体。あさましい恋心が暴(あば)れる。罪悪感が胸を締め付ける。大好き、大好き、でもきっともうこの感情を告げることは叶わない。蓮をあんな目に遭わせておいて、私だけ幸せになんてなれない……

でも、今だけは。

今だけは、このぬくもりを。

「生きて」

恭介くんは絞り出すような声で言う。

「生きていて、よかった……莉子」

あったかい液体が、首筋を伝う。

「泣いてるの？　恭介くん」

恭介くんから返事はない。ただ震えて、私を抱きしめてくれた。

私も、生きてるよ、無事だよ、って気持ちをたくさん込めて抱きしめ続ける。

「ありがとう、恭介くん」

色んな感情を込めた「ありがとう」に、恭介くんはなんにも言わずに私をずっと抱きしめていた。

翌朝。

朝ご飯を食べていると恭介くんが来てくれた。

「どうして私が蓮といるって分かったの？」

ちゅー、と紙パックの牛乳を飲みながら聞いてみた。

強めの痛み止めを呑んでいるからか、思ったより口の中に痛みはない。

なぜだかベッドの上に座った恭介くんの膝に座らせられて、後ろからハグされている。

「……莉子の会社の近くまで、たまたま行ったんだ」

「なんで？」

「仕事で――被害者に話を聞きに。直帰しようと思って、莉子がいたら一緒に帰ろうと」

そこで、恭介くんは少し息を吸った。

「道路に、手袋が落ちていて」

「手袋？」

「俺の。昨日の朝、莉子、取っていっただろ」

「あ」

恭介くんと手を繋（つな）ぐときに！

あれ、私のコートに入れてたんだった。

「ご、ごめん」

「いや、いい仕事をしてくれた」

恭介くんは真剣に言った。

「それで不思議に思っていたところに、ちょうどパトカーが来ていて」

「警察？」

「通報があったそうなんだ。不審な男が同僚を車に乗せていった、と」

水城さん、通報してくれてたんだ！

「そこで——もはや勘でしかなかったが、通報した人が車は〝わ〟ナンバー……レンタカーだったと言うから、京都市内のレンタカー会社に『行橋蓮』で照会をかけて」

俺ではなくて府警を通してだが、と恭介くんは続ける。

「名前でヒットしたことを知って、確信に変わった。レンタカーのナンバーを、Nシステムで照会したんだ」

「Nシステム？」

「自動車ナンバー自動読取装置のことだよ。都道府県によって名称は違うが」

オービスみたいなのだ、と言われて頷く。主に大きい道路に設置された、車のナンバーを自動で記録する装置らしい。車の形状や運転手の顔なんかも撮影できるとのこと。

「そうして伏見区の、あのあたりまでは絞り込めたから……あとは人海戦術で、車を探し歩いた」

それで、恭介くんが最初に蓮のレンタカーを発見した、ってことらしかった。

「部屋番号と駐車場の番号が同じだったから——警官の到着は待てないと判断して、屋上から降りて」

「屋上から降りたぁ⁉」

がばりと振り向く。

ベランダ伝いに降りてきたってこと？　な、なんて危ないことを！

「すぐ下だったから」

「あ、そっか、あそこ五階建てだから……って、いやそういうことじゃ……もう！　ばか！」

恭介くんの頬をつねる。

「落ちちゃってたらどうするの！」

「悪い」

「悪いじゃない！」

私の身体が恐怖で震えた。自分が死にかけたときより――！

「気が付いたら必死で。――莉子」

ぎゅ、と強く抱きしめ直される。

「間に合わなくて、ごめん。怪我をさせた」

私は首を振る。

「助けてくれた。私、生きてる――よ」

「……うん」

「それに、蓮のことも助けてくれた」

「……行橋？」

私は小さく頷く。

「あの人、人殺しにならずに済んだ。私を、蓮自身を殺さずに――ほんとに、ありがとう」

恭介くんはしばらくぽかん、として。

それからようやく、ゆるゆると頷いてくれたのでした。


恭介くんが出勤していった病室で、私は退院の準備をする。といっても大して荷物はないのだけれど。作業の途中で、ふとノックの音が響く。

「はい」

「あー……いい？　大丈夫か」

スライドドアから顔を覗かせたのは大川さんだった。

「お、大川さん！」

「いや、オレも入院してて……刑事さんに菅原が同じ病院だって聞いたから」

「そうだったんですか……あの、大川さん」

私は思い切り頭を下げる。

「本当にすみませんでした。巻き込んでしまって」

「なに言ってんの、菅原だって被害者だろ？」

「でも」

「……話いいかな」

大川さんがするりと部屋に入り、ドアを閉める。けれどそれ以上は入ってこようとせずに真剣なまなざしで言った。

「気が付いてると思うけど、オレ、菅原が好き」

「え」

驚いた私に、大川さんは「マジか」と笑う。

「そこすらかー。完璧に眼中になかったじゃん」

「す、すみません。それは、その……私、色々と必死すぎて、まったく周りが見えてなかったです」

新しい環境に慣れること、蓮と香奈穂に裏切られたこと、恭介くんとのこと、全部がキャパいっぱいすぎて……

「す、すみません」

「……まあいいや。返事聞いてもいいか」

「ご、ごめんなさ……」

うまく言葉にならず、語尾が消える。そんな返事でも大川さんは納得してくれたようで、笑みを浮かべた。

「……宗像さんのことが好きなんだな」

「はい」

まっすぐ気持ちを伝えてくれた大川さんを目の前に、好きじゃないなんて嘘はつけなかった。

「告白しないの」

「……しません」

「どうして」

「その……ですね」

言いよどんで曖昧に笑う。すると、大川さんは「あのさ」と穏やかな声で口にした。

「よければ理由、聞かせてくれない？　菅原が中途半端に諦めようとしてるなら、オレ多分菅原のこと諦めきれないし」

私は少し迷ってから、簡単に説明した。蓮を追い詰めたあさましい恋心について。

「……菅原、悪くなくね？」

「でも」

「浮気したのは行橋。ていうか純朴な菅原チャンに教えてあげるけどさ、遠恋中の彼女の親友とサシ呑みとか下心なきゃしねえから、普通」

「……え」

「最初から行橋、ワンチャン狙ってたんだと思うぜ？　無意識にしろさ……それを全部高宮のせいにしたのは行橋の弱さだとオレは思う」

そんなふうに考えたことがなかったから目を瞬く。だけど私は、「それでも」と呟いた。

「私の責任もあると思います。だから告白はしません。家も出て、関係も終わらせて……」

涙声になってしまいそうなのを堪える。そんな私を見て、大川さんは「はー」と髪をかき上げてため息をついた。

「……正直そこにつけ込みたくはあるんだけど。オレ、ほんとに菅原好きだからさ。あ、これ恋愛関係なく人としての話ね。だから言うけど、菅原にはちゃんと幸せになってほしいよ、オレは」

「っ、あ、ありがとうございます……」

「告白しないとか家を出るとか、何も今すぐ結論出さなくていいんじゃねえの。宗像さんとも色々話し合ってみろよ」

「はい……」

「あの人さ、菅原のことめちゃくちゃ大切にしてるよ。高宮、あのあと捕まったんだ。あれ、宗像さんの指揮だったんだぜ」

「……え？」

「オレ、捜査に協力したんだよ。頭下げられてさ」

立ち尽くす私に大川さんは微笑み、病室を出ていく。私はその背中に向かって深々と頭を下げた。大川さんは、やっぱり後輩の面倒見がいい、素敵な先輩だって思ったから。

「あれ？　恭介くん」

退院の手続きを済ませ自動ドアをくぐると、エントランスに恭介くんが立っていた。

「迎えに来た」

「……い、いいのに」

お仕事もあるのに！

だけど恭介くんは、さっさと私の荷物を持って歩き出してしまう。私の手も、大事そうに繋いで。

「莉子。帰ったら話がある」

「なに？」

恭介くんの車の助手席に乗りながらそう尋ねると――恭介くんは、少しだけ怒った顔をして私を見た。

「し、心配かけたから怒ってる？」

「それはない。今回の件、莉子は何も悪くない」

「私ね……責任は、感じてるんだ」

「感じなくていい、君は被害者だ」

「そうかな。加害者でもあるんじゃ」

「どこが」

恭介くんの声に怒気が混じった。私はつっかえながらもなんとか自分の考えを伝える。

「私が……蓮を巻き込んだ。私と付き合ってさえなければ、蓮は香奈穂に狙われることもなかったし、それに」

そもそも彼は恭介くんの代理でしか……そう言いかけて口を押さえる。なんてひどい人間なんだろう、私は。

「客観的事実だけを見ろ、莉子。君は婚約寸前の恋人に浮気され、その上浮気相手に嫌がらせを受けていた。そしてその元恋人は君と無理心中までしようとしたんだぞ」

「……うん」

「あー……違う、ごめん。事件のことで莉子を責める気はこれっぽっちもなくて、ただ」

そうじゃなくて、と言いながら、恭介くんは車を発進させる。

「……引っ越そうとしてた？」

「……あ、えっと」

うまく答えられなくて、私は口ごもる。

新しい家を探してた。自立して、恭介くんに告白するために。

「莉子の入院用のパジャマとか探してるとき、悪いと思ったけど荷物触って……不動産屋のチラシ、たくさん見つけた」

「うん……」

「莉子はもう俺と暮らすの嫌になったのか」

「……っ、ち、違うよっ！　いっ、……た」

大きく首を振ったとたん、頭をさする。痛み止めのおかげでじっとしていたらそうでもないけれど、動かすとさすがに痛い。人に殴られたのは、生まれて初めてだった。

「っ、大丈夫か」

恭介くんは路肩に車を停めて、私が首を押さえている手の上に自分の手を重ねた。

離れがたいと思ってしまう、あさましい恋慕。人を傷つけてなお、消えてくれない。

「悪い」

「恭介くんは悪くないんだけど」

「でも」

「あの……部屋を探していたのは、ただ、これ以上迷惑をかけたくなくて」

「迷惑なわけがない！」

「恭介くんがいいなら……もう少し、いてもいい？」

そっと息を吐くかのような声で言った。もう少し、もう少し、だけ。

いつか、ちゃんと離れるから。この恋心を捨てるから。

「うん」

恭介くんはまっすぐに私を見ながら言う。

「ずっといていい」

ぎゅ、と抱きしめられ、私は彼のぬくもりに包まれる。

窓の外では、雪がまた散らつき始めた。

「帰ったら、クリスマスパーティーをしよう」

クリスマスパーティー？　私は首を傾げた。

二十六日の今日、街からはクリスマスに関係するものはとっくに撤去されてるだろう。年末年始に向けて喧（かしま）しいはずだ。

「楽しいことは、何回してもいいんだろう？」

恭介くんは少し離れて、私のおでこにコツンとおでこを合わせてくる。

頬を、そうっとガーゼの上から撫でて。

「……そうだった、何回してもいいんだよ」

「ケーキを買って帰ろう」

恭介くんは笑う。

私も笑って頷く。

帰って、ケーキを食べよう。お揃いのマグカップでコーヒーを飲もう。

その前に、ただいまを言わなきゃ。

なんだかそれが、とても重要なことな気がして――はっ、と気が付いた。

どこでもないどこか。

思わず恭介くんの腕を取る。不思議そうにしている恭介くんを見上げた。

私の〝どこでもないどこか〟……ここに、あった。

恭介くんの、すぐ側に。

どうして？　どうして今、見つかるの。彼の側を離れる決意をしたばかりなのに、どうして……

六章（side 恭介）

好きだと言えなかったのは、言わなかったのは――「もし振られたら」みたいな怯懦によるものだけじゃなくて。

単に、あんなことがあった直後の彼女に告白するのは憚られたから。

元恋人に、脅されて拉致されて殴られて殺されかけて――そこにつけ込むような形になるのは、さすがにどうかと思ったのだ。

でも俺を見上げるその瞳に、自惚れでなければ確かに恋情がある気がして――喉から出かかった「愛してる」を痛みとともに、腹の底まで呑み込んだ。


検事正から内線で「急ぎで」と呼び出しがかかったのは、カレンダー通りに年末年始の休みに入る直前、二十七日のことだった。

刑事部は新館で、検事正室は本館にある。

エレベーターを待つ時間も惜しく、階段を駆け下り本館とを結ぶ渡り廊下への扉を開けた――ところで、目の前に彼がいた。

行橋蓮。

いた、と言っても、もちろんひとりでいたわけじゃない。

手錠に、腰縄。前後をふたりの警察官に付き添われ、彼は俯きがちに歩いていた。

目が合った瞬間、胸がひりつく。喉から苦いものが滲み出てくる。

つい一昨日、こいつは莉子を、殴って――怪我をさせた。心と身体、その両方に。

ぐっと手のひらを握りしめる。本当は殺してやりたかった。

蹴り一発じゃ到底足りない。

〝俺の莉子に何をした〟

あのとき、心の中でそう叫んだ。

頭に血が上りすぎていて言葉にならなかったのは幸いなのか、どうなのか。

「宗像、検事」

行橋が口を開いた。

警察官が「行橋！」と低い声で咎める。

俺はそれを手で制して、行橋に少し近づいた。

「莉子に、伝えてもらえますか」

「……なんだ」

「見つかったみたいで、よかった……って」

……なんの話だ？

ワンテンポ遅れて、俺は聞き返す。

「見つかった？」

「はい――〝どこでもないどこか〟」

はっとして俺は口を開く――けれど、言葉は出てこなくて。

「それと……ごめん、って。あいつ、色々自分のせいにするから」

「行くぞ、行橋」

行橋は警察官に促されて、新館への扉をくぐっていく。

俺は前を向いて歩き出す。

検事正からの用事は結局大したことはなくて、すぐに執務室に戻ると、いつの間にかやってきていた竹下さんと春日さんが話し込んでいた。

「え、野球のときもそんなんやったんですか」

「そうなんだよー」

「でもなんか羨ましいですよね、ああいう甘酸っぱいの、もう何年もないですもん」

「ないの、春日さん」

「ないですねえ。だから余計にいい加減にせえ言いたくなりますね」

「だよな。発破かけてやらないとな」

「そうですね、機会があれば一肌脱がせていただこうかなと――」

「竹下さん、なんのご用です」

「おう、年末の挨拶しにきた先輩に辛辣だなあ、宗像検事」

竹下さんは楽しげに笑って立ち上がる。

「年末年始の予定は？」

「ひきこもりです」

「なんだそれ……って、まだ頬の腫れ、引かないか」

莉子の腫れた頬はまだ熱があるようで、今も痛がっている。

折れてこそないけれど、見るたびにやっぱり行橋を殺しておくべきだった、と心の中で誰かが言う。だが、そんなことはしない。

きっと莉子は――それを嫌がるだろうから。

単に莉子に嫌われたくない、それだけだ。自分は思ったより倫理観が低かったらしい。

「まぁ、寝正月も楽しいもんですよ」

とりなすように春日さんが言う。

「ですね」

帰りにたくさん買い物をして帰ろう、とそう心に決めながら頷く。

「ですが、その前にクリスマスパーティーなんです」

俺が少し笑いながら言った台詞に、竹下さんと春日さんが目を丸くして顔を見合わせた。

「宗像が笑ってる……というか、なんで今日」

「楽しいことは何回やってもいいらしいので」

今年三回目のクリスマスパーティーを、今日も開催しなくてはいけない。プレゼントだって買って帰る。

莉子が嫌な思い出を、辛い記憶を掘り返さなくていいように。

全部全部、楽しい記憶に書き換えてしまえるように。

〝あのとき何回もクリスマスパーティーしたよね〟って、いつか莉子が笑って言えるといいと、俺は思っている。

「ほんならこれ、クリスマスプレゼントってことで」

春日さんがデスクから取り出したのは、綺麗にラッピングされた箱だった。老舗(しにせ)のケーキ屋の包装紙だ。宗像検事へ、と丁寧な字で書かれたカードが挟んである。

「クッキーです。そこまで甘くないので、これなら検事でもお召し上がりになれるかと。ついでにお借りしていた本、お返しします」

淡々と言って箱と本を渡す春日さんに、竹下さんが「あれっ」と目を丸くした。

「これ、オレだけにじゃなかったの……?」

「……お世話になったみなさんにお配りしてます。お歳暮ですと確かにお伝えしましたが」

「都合悪い内容聞こえなくなるんだよね」

「検察官としての資質を疑います」

冗談を思い切りばさりと切られた竹下さんが本気で悲しい顔をして、思わず噴き出した。ほっとした顔をするふたりに、ああ俺も心配をかけていたのだなと気が付く。素直に感謝してクッキーを受け取った。

仲間なんだよな。仕事だからとなんとなく線を引いていたけれど……きちんと笑ったりなんだり、感情を出すのも大切なことなのかもしれない。そう思ってもう一度微笑むと、「なんですか、そのぎこちない笑顔」と春日さんに気味悪がられた。

そんなこんなはさておき、春日さんからもらったクッキーを含め、デパートや商店街でプレゼントを買い込み抱え帰宅してみれば、ミニスカサンタがいた。

「おかえり！」

気恥ずかしそうに莉子は言う。そういう顔、クるからやめてほしい。

「……それは？」

「実はね、用意してたんだ。すっかり忘れてたんだけど」

玄関先、出迎えてくれた照れ顔の莉子は、頬を赤く染めスカートの裾をちょっと伸ばすような仕草をする。ヘソが見えた。

「あー、トシ的にやばい？」

「年齢的にはヤバくないけど、ヤバイ」

可愛すぎて。いつ用意してたんだ。ていうかどこに隠してたんだ？

「え、あ、変？　恭介くんこういうの好きそうだな～って買っちゃったんだけど」

……莉子は俺をどんな人間だと思っているんだろう。

けれど正直に答える。

「好きじゃない。けど莉子のそれはすごく好き」

「あは、なにそれー」

莉子は小さく肩を揺らす。それから「あ」と俺の荷物に目をやる。

「それ」

「土産」

駅ナカで買ったチキンとドーナツ、それから花束を見せた。プチブーケ、というのだろうか。無理を言ってクリスマス仕様にしてもらった。

ありがとう、と嬉しそうに受け取る莉子が、ものすごく可愛い。

「緑の薔薇だ」

クリスマスカラー……赤と、白と、緑の薔薇。

俺は、チキンとドーナツの箱が入ったビニール袋を靴箱の上に置いた。鞄にまだまだ土産があるのは内緒にしておこう。それからコートを脱ぎつつ、「念のため」と口を開く。

「……ところで、外には出てないよな？」

そんな格好で。

扇情的すぎる、そんな服装で。

「出てないよ？　パンツ穿いてないし」

思わず無言になる。何も穿いてない……

「でもね、ストッキングは穿いてる」

……莉子は、本当に俺をどんな人間だと思っているんだろうか。

いやものすごく、なんていうか、自分はもうダメかもしれないとは思っているんだけれど。

「莉子」

少し低く、真剣に言う。

「そういうことされると、誘っていると解釈してしまうんだが」

「……誘ってるけど？」

花束を靴箱の上に置き、莉子は俺にくっついて見上げてくる。上目遣いに、当たる胸……明らかにいつもと違う。

「どう？　寄せ集めのかき集めのおっぱい」

「……そういうこと、できるのか」

女体の神秘……？

「ぐいってするの」と笑って言う莉子の顔に口付ける。

「もうしばらく、我慢しようと思っていたのに」

負担をかけたくなくて……でもそんな俺に莉子は唇を尖らせてみせた。

「ここ以外は元気だよー」

殴られた頬を指差すその手を取って、口付けた。

「じゃあ手加減しない」

「されたくない」

そう言って微笑む彼女の瞳を見ながら……待とう、と決めた。あんな目に遭ったのだ、すぐに付き合ってくれなんて口が裂けても言えない。莉子の傷が癒えるまで、何年だって待ってやる。転勤先から月に何回だって会いに来る。

決意しながらジャケットを脱いで、ネクタイを外した。絶対に邪魔になるから。

莉子がそれをぽうっと、でも不思議そうに見ている。

「莉子を見てると、可愛いが喋ってるなぁって思う」

「え？」

玄関のドアに莉子を縫い付けるようにキスをして、ヘソが見えるほど短いトップスを胸の上までたくし上げた。

背中に手を回して、ぷつん、とホックを外す。

「あっ、なくなっちゃう」

莉子がかき集めて作った胸の谷間を見て、少し残念そうに言う。

「いつものがいい」

「あは、そうなの？　……っ、ひゃん⁉」

乳房の先端をきゅうと摘んで、くりくりと弄ぶと、莉子が背を反らせる。

莉子は俺の腕にしがみついてくる。気持ちよさげに寄せられた眉が、俺の嗜虐心を刺激する。

身を屈めて、その先端を口に含んだ。

「や……っ、だめ、っ、あ……！」

舌で突いて、甘噛みして、転がして。

それだけで、ぴくぴくと莉子の身体が震える。

「ふ、……ぁ……ッ」

「莉子」

立ち上がり、その唇に唇を重ねながら耳元で聞く。

「今、イった？　胸、ちょっと触られただけで？」

莉子は恥ずかしげに目を伏せて、首をちょこんと傾げた。

なんの話？　みたいに。

俺はストッキングだけ穿いている莉子の太ももに手を這わせた。

「は……ッ」

莉子が荒く息を吐く。

その内腿はすでにべったりと濡れて、ストッキングが張り付いてしまっている。

「イってたみたいだけど」

「そ、んなことっ」

太ももから、ぴいっとストッキングを破いていく。……多分、そうしていいよって意味だろうから。

「ふぁ……っ」

莉子が甘い息を漏らす。

俺は破いて露わになった、濡れてグチョグチョのソコに指をゆっくり、ゆっくり挿れていく。

まだ軽い痙攣が残るそのナカは、蕩けて熱くて、指が溶けてしまいそうだ。

「……ナカ、ひくついてる。やっぱりイってた」

「し、らない」

莉子が俺のシャツの腕の部分を握って知らないフリをする。俺は低く笑い、指を増やして、かき混ぜるように動かした。

「や……ッ、そんなっ、いきなり……ッ、ンンン……ッ！」

唇を重ねる。舌を捻じ込んで、上顎を舐めて突いた。莉子の弱いところだ。

同時に、ぐちゅぐちゅなナカの、莉子の悦いところを指で擦って、強く刺激する。

「ん、んん……ッ、ふぁ……ッ、ッ……！」

莉子は喘ぎたいのに、俺の唇で塞がれてうまくできなくて、苦しそうだ。

イきそうになってる莉子のナカで、熱い肉襞が蠢く。

「ん……ッ、んーッ、んぁ……ッ」

指が折れそうなくらい莉子のナカがきゅうっと締まる。ぴくぴく震える肉襞と、とろとろのナカ。

莉子の蕩けている顔を、唇を離してまじまじと見つめて言う。

「挿れたい」

「い、いいけど」

ここで？　コンドームは？　と言う莉子に、ドーナツやらが入っているビニール袋から箱を取り出す。何箱も。

「……わお」

「莉子さえ元気なら、年末年始こんな感じで過ごそうかなと」

頬がこうなっているせいで、莉子は外に出たがらないから。

莉子はくすぐるように笑う。

「うん、いっぱいしよーね、恭介くん」

「すぐそうやって、俺を煽るような可愛いことを言う」

まぁ莉子は何を言っても可愛い。

こめかみにキスをひとつ落とすと、莉子をくるりと背面にして、玄関のドアに手を突かせた。

ゴムを取り出して、箱を乱雑に靴箱に置いて、ジッパーを下ろして、自分のモノを取り出しながら――つけたくない、なんて頭のどこかが馬鹿なことを思う。莉子に嫌われたくないからつけるけれど。

誘うように蕩ける莉子に、ぐちゅりと挿れて――どんどん奥へ、挿し入れていく。

「っ、ふぁ……、ぁッ、あ……ッ！」

健気に軽く爪先立ちをして俺を迎える莉子が愛おしくてたまらない。

莉子の腰を持って、抽送を始める。

俺の動きに合わせて上がる、高くて甘い声。

（……これ、外に聞こえてたりして）

けどまぁいいや、と俺は動くのを止めない。というか、とても止められそうにはない。

何度もイって汗だくになった莉子を抱き上げ、風呂場に連れ込む。

「お風呂？」

「一緒に入ろうか、莉子。怪我もしているんだし、洗ってやる」

「怪我してるの顔だよ！　関係ないもん、ひとりで入れる……んっ」

抵抗する莉子の唇に噛み付き、可愛らしいサンタ服を脱がせる。破れたストッキングも剥ぎ取って、足に力が入らないらしい彼女を椅子に座らせた。自分も服を脱いで脱衣所に放り投げ、莉子を見下ろせば、しどけない視線とかち合う。明らかに事後ですという雰囲気の気だるい莉子の背中にシャワーの湯をかけてやりつつ、呟いた。

「よく分からないけど興奮するな……今度からセックスしたあとは身体洗わせてくれないか」

莉子は目を見開きながら俺を見る。

「やっぱり、恭介くん、変態さんだ！」

勢いのある莉子の言葉に思わず笑う。

「そうだよ、俺は変態なんだよ」

莉子を抱えるようにして鏡の前に立たせ、唇を重ねる。舌を絡め、擦り合わせて、歯列をなぞって、誘い出した莉子の舌を甘噛みして。

そうして、莉子のナカにゆっくりと指を挿し入れ、くちゅくちゅと動かした。

「まだとろっとろ……かわい」

「つは、ぁ……」

上ずったあえかな呼吸だけが返ってくる。素肌と素肌とがぴったりと重なり合って、蕩けるほどに心地いい。肌と肌が合わさる、それだけのことにどうしてこんなに安らぐんだろうか。

莉子の耳を噛み、健気に吸い付いてくるナカから指を抜いた。そして、鏡に向かって手を突かせる。眼前に自らの顔が映っているせいだろう、莉子は微かに悲鳴を上げた。

「……っ、ぇ、恥ずかし……っ、ヤダ」

「どんなカオして俺を煽ってるか、一度見ておいて」

そう言って、莉子のナカに指を三本一気に根元まで挿し入れる。

「ゃ、……ぁッ！　あッ……あンッ！」

鏡の中の莉子が、ものすごく淫らに眉を寄せて啼いた。思わず、といった風情で目を閉じる莉子の肉芽を摘む。

「こら、目」

「ゃ、ぁ……ぁ……！」

目を開ける莉子の背後に満足そうな顔をした俺が映り、苦笑した。自分こそこんな顔をして莉子のことを抱いていたのか。

鏡の中の莉子とふと目が合う。じっと見つめていると、莉子がふんわりと笑った。どこか、慈しむような微笑みだ。

「莉子、なんか余裕だな？」

「そ、んな……っひゃあ……ンっ、ちがっ」

ばらばらに指を動かし、ぐちゅぐちゅと水音を響かせ蕩けたナカをかき混ぜる。

「あ、ぁ、ぁ……ッ、ぁッ、やぁッ、イ、く、イくっ、からぁ……っ」

必死に抵抗する莉子がたまらなく可愛い。そっとこめかみに口づけ、耳元で囁いた。

「イってほしくてやってる」

「ぁ、ぁぁあ……ッ！」

ひときわ高く喘ぎ、莉子の肉襞がきゅうっと俺の指を締め付けた。莉子の足はがくがく震え、蕩け切ったその頬に涙が伝う。苛めているんだか、甘やかしているんだか、俺にも分からない。

荒い息を繰り返す莉子を抱き上げて、風呂の椅子に座って膝に乗せる。向かい合う形で、莉子の薄い腹に硬く血が巡った昂りが当たる。

「避妊してても……こんなにセックスしていたら、いつか子供できるかもな」

思わず零れた願望に、莉子はほんの少し嬉しそうに頬を緩める。いくらでも待とうと決めたはずなのに、今にも気持ちを告げてプロポーズしてしまいそうで怖い。

「そうしたら、……俺と結婚しなきゃいけなくなるな」

願望に満ち満ちた言葉に、しかし返ってきたのは明確な否定だった。

「……ひとりで育てるよ」

莉子の言葉に、ほんの少し息が詰まる。子供ができてもなお、俺は君の伴侶たりえないのか。

「どうして。俺とは結婚できない？」

「蓮を」

「行橋？」

「蓮を不幸にしてしまった私に、誰かと幸せになる権利はないの」

ハッと息を呑み顔を上げる。そのままそうっと莉子の頬を撫でた。

「莉子――そんなふうに、考えていたのか？」

「……うん」

莉子がへにゃりと笑った。頬の傷が痛々しい。

「……あのな、言ってなかったことがある」

思い切って口を開くと、莉子が「なあに」と首を傾げた。

「行橋からの伝言。ごめん、すぐに伝えていいものかどうか……迷って。『見つけられてよかったな』だそうだ」

「なに、を……？」

「どこでもないどこか」

目を瞠る莉子を抱きしめ、手のひらで莉子の頭を肩口に押し付ける。

「莉子。不幸にしただなんて、それはあまりにも……行橋に失礼だ」

「え？」

「責任くらい取らせてやれ。人として……男として。少なくとも、あいつは君をそれくらい愛していたと思う」

「そっか……な」

莉子の瞳から、ぽろっと涙が零(こぼ)れ落ちた。

「幸せになって、いいのかな」

「いいに決まってる」

本音を言えば、俺が幸せにしたい。でも、きっと……まだ、だ。もし今莉子が俺のことを好きになっていてくれたとしても、きっと俺からの告白を拒否するだろう。さっきまで自分が幸福になることを拒否していたんだ。

いつか、素直に次の恋をしたいと彼女が思えたのなら。

そのときは、きっと……

しばらく莉子は静かに泣いた。色んな感情を昇華させているかのように思えて、俺は静かに待つ。

泣き止んだ莉子にキスを落とすと、彼女は素直に受け入れてくれる。そっと手を繋(つな)いで指を絡めた。片方の手で彼女の腰を支え、ゆっくりと腰を動かす。肉ばった先端が、にちゅにちゅと肉芽を擦(こす)る。

「あ、ああっ、あっ」

甘い声を聞きながら、風呂に持ち込んでいたゴムをつけて入り口にあてがう。そして莉子の身体を持ち上げて、最奥まで挿(い)れた。自身の体重で子宮を押し上げる形になって、莉子は簡単にイってしまう。

「っ、ぁ……はぁ……ッ」

がくがく細かく震える莉子の腰が、それでも動いている。快楽を貪(むさぼ)ろうとしているのがたまらなく可愛くて、ぎゅっと彼女を抱きしめる。微(かす)かな高い悲鳴とともに、ナカの蕩(とろ)けた肉が強く俺を締め付けた。これくらいでイくなんて、まったく、可愛い……

「莉子、動ける？」

「……っ、うん」

細い声で返事をした莉子が、俺の上でくねるように腰を動かす。すぐに肉襞が痙攣(けいれん)し、どろどろの粘膜が俺を食いしめる。うねりながらの明確な痙攣(けいれん)に、知らず頬が上がった。

「莉子、すぐイくよな」

「やらしいの、きらい……？」

「好き」

即答した。どんな莉子でも大好きだけれど、いやらしい莉子なんて可愛いしかないだろう？

莉子はほっとしたように更に腰を動かす。

「ん、あ、あっ、あぁんっ……！」

淫(みだ)らで甘えた声がたまらない。

気持ちよさそうに声を漏らす莉子の温かさに――俺は唐突に気が付く。〝どこでもないどこか〟が、ずっとどこにあったのかを。

自分の鈍さに、つい自嘲する俺に、莉子は不思議そうな顔を向けた。

「ん、あっ、なぁに？」

「いや、――〝どこでもないどこか〟がどこなのか分かって」

「どこ？」

莉子は腰の動きを止め、興味津々で聞いてくるけれど、俺はその唇をキスで塞いでしまう。

「……ずるいよ、教えてよ」

唇が離れるや否や、甘えるように言う莉子の耳を甘く噛む。

「莉子は莉子で探すといい」

莉子の耳元で、小さく呟いた。

願わくば、それが俺の側でありますようにと、そう祈りながら。

七章（side 莉子）

お風呂上がり、あまりに気怠すぎて、下着の他は長袖のトレーナーを着ただけというあられもない格好でソファに横になる。

「疲れた……恭介くん、元気すぎない？」

ぽつりと呟くけれど、キッチンでクリスマスソングの鼻歌を歌いながら手早く料理を作っている彼には声が届いていないようだった。諦めてソファで目を閉じた私に、恭介くんが声をかける。

「莉子、鞄のなかも見てくれ。実はもっと色々買ってきてあるんだ」

「え、ほ、本当？」

気を使わせて悪いな、と思う一方で、何回もクリスマスをしてくれる恭介くんの優しさが苦しくなっちゃうくらいに嬉しい。起き上がって鞄の中を見てみれば、いくつも包みが出てきた。

「あ、ボディクリーム……欲しかったやつ」

フランスメーカーのクリスマスコフレだ。まだ売ってたんだ……あ、こっちはもこもこ靴下。

サンタさんにもらったプレゼントを開ける気分でひとつひとつ開けていく。最後に開いた紙袋は、他と様子が違った。

「本……？」

小さく呟く。あれ、でもこれ知ってる本だ。恭介くんの私物……ってことは、これは私へのプレゼントじゃないやつ！　確か人に貸すって言っていたっけ。

慌ててしまおうとすると、紙袋に一緒に入っていた包みに目が留まる。老舗お菓子メーカーのリボンには、「宗像検事へ　春日より」と女性の字で丁寧に書かれたカードが挟まっていた。そこそこお高い焼き菓子のはずだ。

……本を借りたお返しにするには、ちょっと豪華すぎないかな？

春日さんって……一緒に働いている事務官の人じゃないだろうか。

その人は……恭介くんが好き、なんじゃないだろうか。これって、渡しそびれていたクリスマスプレゼント……？

そう思ったとたん、湧き上がるのはやきもちだった。私にそんな資格はないはずなのに。

私はそっと袋を鞄に戻す。見てはいけないものを見てしまった気分だった。

プレゼントを広げ座ったままの私のところに、恭介くんが近づいてくる。私の顔を覗き込んで、ぎょっとした表情を浮かべた。

「莉子。どうした」

悲しげな顔をしてしまっているであろう私の頬を、彼は優しく撫でてくれる。

「莉子」

優しい声が、今は胸に痛い。

「どうした？　プレゼント、気に食わない？」

「っ、ま、まさか。どれも嬉しい……本当に。付き合ってるわけでもないのに、こんなに優しくしてもらえて……」

そうだ、それなのに私は……私のあさましい恋心は、勝手にやきもちなんか焼く。顔を上げて笑ってみせると、なぜか恭介くんは微かに表情を消しソファ越しに私を背後から抱きしめて、少し掠れた声で言った。

「いつか教えてくれるか？　そんなに悲しい顔してた理由」

「……うん」

私は言えない約束をして、それから明るい声で言う。

「ね、晩ご飯にしよっか」

それから梅が咲いて、桜が散って、新緑が芽吹いたけれど、私たちの関係は変わらなかった。

私は恭介くんにとって幼馴染（おさななじみ）で、同時にセフレでもあって、けれど驚くほど大切にされていた。

慈（いつく）しむような視線が増えた。ちょっとしたことでも気を使ってくれて……きっと事件のことを気にしてくれているのだと思う。

優しくて責任感の強い彼らしい、と思いつつ、身勝手な私はその優しさに甘え続けていた。

恭介くんとこんな関係になって、一年が過ぎた。

最初は自分の気持ちに気づけず、気が付いたと思えばうじうじとしてしまって、タイミング、逃して。

気持ちを伝えようと思った矢先、蓮とあんなことになって……

自分が幸せになっていいのかも分からなくなって。

徹頭徹尾うじうじしているだけなんだろう。全部伝えてさっぱりしちゃえばいいんだ。それで、離れてしまえばいい。

でもそれができないのは、結局あさましい恋心ゆえなのだ。

あと少し、あと少しだけ。恭介くんが京都からいなくなる、そのときまで……

京都の街は、七月に入ると同時にお祭りが始まる。特に有名なのはニュースでもよく報道される、山鉾（やまぼこ）の巡行（じゅんこう）だろう。山鉾（やまぼこ）と言われる山車（だし）ごとに形や飾りが違っていて、出世だったり開運だったり

恋愛だったり、ご利益もそれぞれらしい。ただ、私が一番楽しみにしているのは、中旬に行われる夜店や屋台が出る祭事だ。京都のメイン通りを含め多くの通りが車両通行止めになり、山鉾が展示される。一部の山には観光客も上ることができるそのお祭りは、関西では最大級だ。

湿度を含んだ風が、セミの声を運んでくる、そんな七月の半ば。梅雨の晴れ間の日差しは、じりじりと焼けそうなほどだった。

「あっつー」

「かき氷でも食べに行こうか」

「恭介くん食べないのに？」

「莉子が食べてるのを見るのが楽しい」

「あっは、なにそれ」

……変な食べ方はしてない、はずですけど。

恭介くんと連れ立って、京都の街を歩く。

七月に入って、京都はすっかり祭り一色。宵祭りの今日は、夜になれば普段は車が走っている通りが歩行者専用になり、出店がたくさん出る。

夕方にならないとお祭りは始まらないのだけど、早めに街に繰り出してみた。朱と白の提灯、はんなり風に乗る祭り囃子の笛と鉦、祭りの前の熱気を孕んだ独特の空気に、道行く誰も彼もどこか浮ついて見えた。

「わー、楽しみだね」

「莉子、浴衣買ったんだっけ」

「うん」

そんな話をしつつ手を繋いで、目指すかき氷屋さんに行く途中で——小さな出店に気が付く。まだお祭りには早いけれど、すでに商品を並べていた。商品って言い方は変かもしれない。それは瓶に入った、綺麗な熱帯魚だった。

「わあ」

思わず立ち止まる。

お店の人は陰からちらりと私たちを見ただけで、何も言わない。営業自体は、まだ先なんだろう。

「ベタだな」

「よくある？」

「ではなくて。魚の名前」

「ベタかあ」

まるで天女が衣を翻すかのように、その魚は長い鰭を水中でふわりと広げて小さな瓶の中を舞う。

色んな色のベタがいたけれど——中でも目を惹いたのは、明るめの藍色のベタだった。なんでかな、なんだか既視感があって……って、あ、そっか。私が今日着る予定の浴衣の色と、この魚の色が似てるんだ。

「買うか？」

「ううん」

生き物って飼うの大変そうだし。私は首を横に振って、歩き出した。

どこかで風鈴がちりんと鳴った。空は、すっかり真夏の青さ。

「あ、ここだ」

雑誌に載ってたかき氷屋さんは、割と並んでいた。ふわふわの氷に新鮮なフルーツが載ったそのお店のかき氷は、SNSでも話題だ。それに加えてお店自体が「映える」のだそうで。京町家をリノベーションしたというその京都らしい外観が受けているらしい。実際ものすごく可愛い。

軒先に吊るされた風鈴が、時折ちりんと鳴る。さっき聞こえたのは、これだったのかな。

「わー、どうしよ。並んでるね」

「並ばないのか」

「並ぶ」

即答して並ぶけれど、いいのかなとは思う。恭介くん、甘いもの食べないのに。

「いいの？　恭介くん。かき氷なんかに付き合って」

「付き合いたくて付き合ってる」

「……ふうん」

そこだけ切り取ると、ちょっとどころじゃなく、ドキドキした。「付き合いたくて付き合ってる」だけ脳内リピートさせてみる。

「ふふ」

「機嫌がよさそうで何よりだ」

案外お客さんの回転は速いみたいで、じきにお店の中に通された。

メニュー片手に、散々悩んで、白玉団子付きのマンゴーかき氷にすると決めた。ぱっ、と顔を上げると、恭介くんとばっちりと目が合う。

なんだろ？　悩みすぎたかな？

恭介くんはすうっと目線を逸らして、そのまま店員さんを呼ぶ。

注文してすぐに、かき氷は運ばれてきた。恭介くんは、抹茶と和菓子のセットだ。

「おっいしー！」

「莉子、落ち着いて食べないと」

「っ、あー！　頭、きーんとする！」

「ほら」

よしよしって頭を撫でられ、すぐ側で笑う瞳には、優しさがいっぱいで――胸がきゅうんとしてしまう。

頭の中が、ううん身体の中が、好きって気持ちでいっぱいになる。伝えるのを諦めた感情を切なく噛みしめていると、ふと恭介くんが口を開く。

「莉子、旅行しないか。どこか……その、何日か」

ちょっとぽかんとしたあと、私はテーブルに乗り出すように答える。

「行く！　行きたい行きたい！」

結構食い気味に反応してしまった私に、恭介くんは少しだけ頬を緩めた。

「どこへ行きたい？」

「えーと、どこだろ」

私はワクワクしてスマホを開く。

「いつくらいなら行けそう？」

「……提案しておいてなんだが、夏は厳しいな。秋には長期で休みを取れそうだ」

「おっけー、秋！」

結構先だけど、でもかえって嬉しい。少なくとも、そこまでは一緒にいていいってことだよね？

「どこがいいかな。美味(おい)しいもの食べたいな」

「甘いものか？」

「それもだけど、海鮮とかもいいよね」

温泉も観光も、って指折る私に、恭介くんは笑って「じゃあ北海道」と提案してくれる。

「北海道!?」

「遠すぎるか？」

「ううんっ」

私は首を振る。北海道なんて素敵なところに一緒に行ってくれるんだ。めちゃくちゃ嬉しい！

「カニ！　イクラ！　ラーメン！」

食べたいものがありすぎる！

恭介くんも楽しみなのか、にこにこしていた。

その顔を見ながら思う。もしかして私、あがいてみてもいいのだろうか。

あさましい恋心の成就（じょうじゅ）を希（ねが）っても、いいのだろうか。

彼が言う通り、幸せになっていいのだろうか。


食べ終わってお店を出たところで、恭介くんがふと立ち止まる。

「悪い、電話」

そう言って、恭介くんはスマホ片手に背を向けた。仕事の話だろう。少し離れて聞かないようにして、地面のアスファルトを見つめる。濃い影が落ちているのを確認して、空を見上げた。

「眩（まぶ）し」

かき氷で冷えた身体に、夏の日差しはあったかくて、ちょうどよかった。

夏の雲が、ぽかりと浮かんでいる。

小さく聞こえる蝉（せみ）の声の合間に、風鈴がちりん、と鳴った。

「莉子、悪い、終わった。ちょっと仕事の話」

そう言ったあと、恭介くんは私の手を掴む。

大通り沿いのコンビニは、気の早いことに店の外に出店を作り、唐揚げやビールを売っていた。

「いいね、ビール」

昼間からのビールの誘惑に抗（あらが）えず、ちらっと恭介くんを見上げる。恭介くんも「絶対に美味（うま）いよな……」と完全に陥落していた。

「あー、でも、あっちもいいな」

コンビニだけではなく、カフェでは冷えたサングリア、居酒屋は日本酒のセット、とにかくどこも商戦に必死だ。浮かれた湿気を含む夏の風に、祭り囃子が乗っている。

「全部飲めばいい」

恭介くんが真面目な様子で言う。

「死んじゃうよ！」

さすがに突っ込んでいると、通行止めの看板を持った警察官が道路を歩いていくのが見えた。じきに、歩行者専用に変わるのだ。

お祭りが、始まる。

「ゆ、浴衣に着替えてこようかな」

どうしてか照れて言った言葉に、恭介くんもなぜだか照れて頷く。

ふたりでマンションに戻ると、覗いたポストに質素な封筒が入っていた。見てみれば、蓮の弁護士さんからだった。怪我の賠償だので何度か連絡をもらっていたのだ。

封筒を開くと、一枚のはがきが同封されていた。蓮からのものだった。何度も消しゴムで消した形跡のある、えんぴつ書きの官製はがき。裏面にはひとこと、『どうか幸せに』。

呆然とする私を、エレベーターホールから恭介くんが呼んだ。

「莉子？」

「な、なんでもない」

私は足早に恭介くんのもとに向かう。不思議なことに小さく笑ってしまった。蓮らしいな——そう思った。

蓮とのことが、ようやく私の中で終わったのだ。

遠くで蝉が鳴いていた。

部屋に戻り、参考動画を見ながら浴衣と悪戦苦闘する。ああもうなんでなの、昔は着れたのになあ。

「恭介くんあっち向いてて!」

「はいはい」

ソファに座り本を読みながら恭介くんが肩を揺らす。

「あの、で、できました」

なんとか着終わって見せたけど、恭介くんは顔を上げたきり微動だにしない。

「は、反応してよ! 変かな」

くるりと回ると、袂がひらりとさっきの魚の鰭みたいに揺れた。

「……いや、その……綺麗だ」

真剣に言われた言葉に、どきんと心臓が高鳴る。思わず下を向いた。

「莉子?」

「や、だって、えっと、その、可愛いはよく言ってくれるけど、綺麗は……珍しいから……その、照れちゃって」

顔が熱くなって手で扇ぐ。その手首を掴んで、彼はちゅ、とキスをした。

「……あ」

無言で見つめ合う。

心臓の鼓動が、鼓膜をうるさく揺らす。

「綺麗だ、莉子」

「……あり、がと」

目を伏せる。緊張しすぎて口から心臓が出てきそうだった。綺麗なんて初めて言われたから。

もう一度、キス。今度は唇にだ。離れて、首筋にも唇が触れる。

「……っ、ぁ、恭介くん？」

首に落とされたのは、小さなキス。痕がつくほどに強く。

「え、あ、なんで？」

そこを手で押さえて目線を忙しなく動かす。だってなんか、独占欲を示されているみたいで……

期待し始めている自分がいる。

「綺麗だから、他の男が寄ってこないように」

「……ふふ、なにそれ。誰も来ないよ～」

熱い頬で一生懸命に笑う。そんな私を見て、キスマークを指の腹で撫でた彼は満足そうに笑った。

日がすっかり暮れた頃に、私たちはお祭りの会場まで辿り着いた。普段は車が行き交う京都のメイン通りも、今は人と夜店で溢れかえっている。焼き鳥、箸巻き、たこ焼きのソース系の匂いに、綿あめやベビーカステラの甘いかおりが重なって、お祭りの濃厚な雰囲気を彩る。人いきれで息苦しいほどだ。

「どれ食べようかな」

思わず漏れた一言に、恭介くんは笑った。

「好きなだけ食べたらいい」

「……まぁ、控えめにしておきます」

視界の隅に、りんご飴がちらりと映る。つやつやの、紅いりんご飴だ。

好きだけど、いつも食べ切れない――小さい頃は、恭介くんに食べてもらってた、りんご飴。

去年も来たね。

その一言が言えない。

あのとき――勝手に「私の未来」に恭介くんを組み込んでいた、まだ彼に恋をしているなんて気が付いていなかった頃。まさか、本当に一緒に来られるなんて。

湧いてきた感情は切なくも苦しくもあり、でも何より、すごく、すごく――幸せ、で。

感情が溢れそうになって、誤魔化すように手にした飲み物を口にした。

「……わ、これ、美味しいよ」

「へぇ」

カフェの出店で買った赤ワインのサングリア、甘すぎなくてさっぱりしてて、こんな夜によく合う気がする。

「恭介くんのも美味しそう」

恭介くんは同じお店のレッドアイ。ビールとトマトジュースのカクテルで、そっちもさっぱりしてて美味しそう。

「飲むか？」

そんなわけで交換して、こくりと飲んで。

「美味し！」

「思ったより甘くないな」

ふたりで感想を言い合って、なんとなく前を見る。

遠くに、白い京都タワーがぼんやりと光って見えた。少し異質で、幻想的。

「あとで山鉾上ってみてもいい？」

本来のまま女人禁制らしい山鉾もあるけれど、観光客向けのものは上ることができるものもある。

恭介くんは頷いた。

「あ、その前に行きたいところあるんだ」

「どこだ？」

「ええとね」

私は恭介くんの手を引いて、チラシ代わりに配られていた団扇の地図を頼りに、目的の山鉾まで辿り着いた。……恋愛成就の粽だ。粽といっても食べられるものじゃない。乾いた笹で作られた、お守りのようなものだ。今すぐどうこうしたいわけではないけれど、せっかく前を向くことができた、その記念みたいなものだった。

「ここの粽が欲しくて」

「京都の人は玄関先に飾っているよな」

ウチにも飾ろうか、と恭介くんは笑う。私は曖昧に返事しながら、粽をひとつ買い求めた。

けどまぁ、恋愛にご利益がある山鉾ということで、見事に女子とカップルだらけだ。自分を棚に上げて、あたりを観察する。

明るい電球に照らされて、人だらけで、暑くて。ざわめきが生ぬるい夜の底に沈んでいるように感じる。ふ、と息を吐いた。結局……大事なのは、勇気なんだろう。この関係を終わらせる勇気。恋人になるか、ただの幼馴染に戻るか。

恋愛成就にご利益たっぷりと噂の粽、赤い花がついた、笹の葉でできた粽。

それをしばらく眺めて、恭介くんを見上げる。すると、彼は少し先を見ながら「奇遇ですね」と優しく言う。

その相手は——綺麗な女性だった。

「こちら、俺の立ち合い事務官の春日さん」

「こんばんは」

挨拶されて、慌てて頭を下げる。どくどくとこめかみで心臓が動いているみたいだった。

去年の年末、恭介くんにお菓子をプレゼントしていた女性。夏らしい、シンプルな白いワンピースの彼女が手にしてるのは、私と同じ恋愛成就の粽。

春日さんが恭介くんに恋してる、なんて決まってもないのに、勝手に——私は嫉妬している。

とられるんじゃないか、なんて思ってる。付き合っているわけでもないのに。

「珍しいですね」

恭介くんが少し目を瞠って春日さんに言う。

「何がですか」

「いえ」

恭介くんは、笑った。私以外には、職場では不愛想なはずの彼が笑った。

「春日さん、いつもパンツスーツなので」

「ああ」

春日さんもまた、花がほころぶように笑った。恭介くんが目を瞠って彼女を見つめる。……もしかして、見惚れてる？

「たまには……。と、そうだ」

そうして、春日さんはちらっと私を見て、恭介くんに近づいた。

「来週の札幌行きの便、取れました」

「そうですか、ありがとう」

「伊丹発です。同じ飛行機ですが席が離れてますので……新千歳集合で」

「了解です」

「では」

ちらり、とまた私に含みのある目線を向けて、春日さんは小さく笑った。そうして恭介くんの耳元にその赤い唇を寄せる。

彼女は恭介くんとひとことふたこと話したあと、人混みに溶けていった。

私は呆然とその後ろ姿を眺めた。

指先が冷えていく。……夏は。

夏は無理だから、秋に北海道行こうねって。そう約束したのは、ついさっきなのに。

ゆっくりと、瞬きをした。

そうしないと、泣いてしまいそうだったから。目を上げると、恭介くんはまだ春日さんの背中を目で追っていた。やめてと泣きたくなる。

「……恭介くん。北海道行くの？」

無理やり出した声はどこか不自然だった。

「莉子？」

恭介くんが、不思議そうに私を呼んだ。鼓動が変だ。だめ、今、恭介くんの顔見たくない。見れないよ。

「……莉子！」

私はぱっ、と人混みに身を躍らせた。

驚いた声で、恭介くんが私を呼ぶ。

けど、私は立ち止まらない。

どうしたらいいか、分からない。

耳にやたらと祭り囃子が鳴り響く。

「莉子、待て！」

その声を聞きながら、少しずつ距離ができていることに気が付く。なんで？　恭介くんのほうが、足速いのに。私なんか、浴衣に下駄なのに。

人混みを縫って走る。息が上がる。頭の上で月が光る。

祭り囃子と、駒形提灯。視界を過ぎ去っていく朱と白。

色とりどりの浴衣の間を、私は走る。

右に左に東に西に、からころ、からころ、からころ、からころ。

足の親指が痛い――ふと、痛みを自覚したことで、頭のどこかが急激に冷えていく。

立ち止まりそうになるのを我慢して走り続けながら、よくよく考える。

札幌行き、とは言っていたけれど。

……あれ、もしかして……お仕事の話、だったりして？　今までだって出張はあった。さすがに北海道は遠いけど……でも。

さっと血が引く。

もし、そうだったら。ていうか、そうじゃなかったとしても！

完全に、あの話で――春日さんと北海道行くって聞いて、拗ねて逃げてるって、バレてるよね⁉

彼女でもないのに、嫉妬する資格なんかないのに！

息が上がる。唐揚げの匂いとかき氷のシロップの甘いかおりが、同時に肺を満たす。

やだ、もう、泣きそう。

何をどうしたらいいか、分からない。

ようやく立ち止まって振り向く。人混みのどこにも、恭介くんの姿は——見えなかった。

祭り囃子が、間近で響く。

私は緩慢と、その山鉾を見上げた。

八章（side 恭介）

祭りへ向かう前、昼間に莉子とかき氷を食べたあと、春日さんから連絡が入った。

『検事、お休みのところ申し訳ありません』

「いえ、どうしましたか」

『例の、話聞かなきゃいけない関係者、どうも施設に入ってるみたいで』

「施設？」

『老人ホームです。出歩くのは厳しいと』

夏の日差しの下、どうするべきかと俺は黙る。

とある特殊詐欺に絡む案件で、全員から調書を取らなくてはならないのだ。

「ではこちらから出向きましょう。住所は」

言いながら思い出す。確か、京都府の海側だった。距離はあるが仕方ない。

『それが、息子さんのいる札幌に引っ越してるみたいで』

「札幌？」

『どうされますか。急がないと航空券取れませんよ』

旅行シーズンに入りますから、と春日さんは電話の向こうで言った。

『行くとすれば、できるだけ安い便にしたいので』

出張費が嵩むと、事務方からチクチク言われるのは、俺じゃなくて春日さんだ。

旅費担当の庶務係の、少しキツイ目つきを思い出して俺は頷く。どうせ話は聞かなくてはいけない。

「……行きましょう。早めに押さえてもらえますか」

『分かりました。おそらく日帰りで取れると思います』

「お願いします」

通話を切って振り返ると、莉子はひとり空を見上げていた。

気の早い入道雲。

蝉時雨。

また、風鈴が——どこかで、鳴る。

莉子の目が揺れる。それがひどく儚く見えて、小さな胸騒ぎにその手を掴んだ。

「恭介くん」

笑う莉子は、確かにここにいて。

「……いや」

誤魔化しながら、その手を握った。

莉子が、どこかへ行ってしまうような――そんな気がした。

莉子の様子が変わったのは、祭りで春日さんと遭遇してからだ。絶対に笑わない春日さんの笑顔に驚いていたら、やけに近くに身を寄せてきたので眉を寄せた。何か仕事の話でもあるのかと思いきや、春日さんは淡々と告げる。

「もどかしいんで、一肌脱ぐときが来たと思いまして」

「……なんだそれ？」

「やきもちを妬かせよう作戦ですね。竹下さんと色々作戦立ててたんですよ」

どういうことですかと聞き返そうとしたときには、彼女はもう俺たちに背を向けたあとだった。

……そういえばあのふたり、最近付き合い出したらしいけど……なんて思いながら春日さんの背中を目で追っていると、莉子が半泣きになっていたのだった。

そうして人工の灯りで眩い京都の街の中を、莉子が明るい藍色の浴衣を翻して走り出した。

「莉子⁉」

慌てて名前を呼ぶけれど、莉子は振り返らない。

「莉子、待て！」

何があった？　混乱しながら追いかけようとして——どんどんと距離ができていることに気が付く。俺のほうが、足が速いはずなのに。

莉子は少し小柄なぶん、俺よりスイスイと人波を縫って走っていく。

揺れる浴衣が、まるで魚の優雅な鰭のようで、昼間に見たベタを思い出す。

美しく長い鰭の、あの魚を。

一方で、俺はいちいち人にぶつかりそうになるので、どうしてもスピードが落ちる。

(待ってくれ)

色とりどりの、浴衣の波。

波の間を、魚のように莉子は泳ぐ。

「莉子！」

俺の声に、通り過ぎる人たちが不審そうな目を向けた。

夜店が続く。唐揚げ、綿あめ、金魚すくい、箸巻き、たこ焼き、風船、ベビーカステラ、射的、くじ引き……そして、りんご飴がきらりと光る。

はっ、と気が付く。

さっきの「札幌行き」か⁉

俺が春日さんと、ふたりで北海道へ行くって。いや、行くんだけど、それは仕事で——誤解だ！

「莉子！　話を」

莉子の姿が、少しずつ見えなくなっていく。

夜店の電球に照らされる通りを、ただ必死で見失わないように莉子を追う。

どこまで追っても、追いつかない。どこまで走っても、祭りが続いているような――

街中が、祭りに呑み込まれて。

ふ、と思い出した。

昼間の――空を見上げている、莉子。

どこかへ行ってしまうような、そんな儚(はかな)げな雰囲気に、ふと不安になった。

莉子が消えてしまうんじゃないかって。

あの気持ちが、ざわざわと胸を覆い尽くす。

そんなはずはない。落ち着いて、走るのをやめて、莉子が連絡してくるのを待てばいい。莉子の帰るところはウチしかないし、あとで誤解だと冷静に話をすれば、それで。なのに、湧き上がる不安が俺を突き動かす。

この祭りに、莉子が呑み込まれてしまうような――そんな、不安。

幻燈のような朱(あか)と白の提灯(ちょうちん)。夜店の白々しい電球。あるはずのない不安。

祭り囃子(まつりばやし)が、夏の夜の風に乗る。

風は、昼間の暑さを内包してしっとりと人波を抜けていく。

「莉子！」

掠(かす)れた声。

信じられないほど情けない声で叫ぶ。

けれど——莉子は、ついに人波に消えた。

最後に、ふわり、と人波の間で明るい藍色の袂が揺れた。

「……は」

息を吐く。

肺から空気がなくなってしまうんじゃないか、というくらいに——

「莉子」

小さく呟いた。世界一、愛しくて甘い名前。

もう会えないんじゃないか、なんて馬鹿げた妄想が頭を支配する。

立ち尽くして——顔を、上げた。

「莉子！」

気が付けば、叫んでいた。

「莉子、好きだ」

道行く人が、次々に目線を寄こす。

構うものか。

「好きだ、愛してる」

苦しくて、我慢できなくて、感情が口から零れる。

「大好きだ、莉子」

間近で聞こえる、祭り囃子の笛と鉦。人いきれが苦しい。どん、と人がぶつかっていく。

「一生側にいてくれ。結婚してくれ。死ぬまで俺といて」

心底情けない声で、俺はただ懇願する。

ここにいない莉子に。

どうか届いてほしい。

周りからは、酔っ払いが騒いでいるようにしか見えないだろう。

それでも叫ぶ。

「莉子、愛してる」

声はこれでもかというほど掠れていた。当たり前だけれど、返事はない。

「莉子……」

身体から力が抜けてしゃがみ込みかけた俺に、福音のように声が落ちてきた。

真上から。

「……本当？」

見上げると、山鉾の二階に莉子がいた。

二階、と言ってもそう高くはない。

俺の身長より、少しばかり高いそこで、手すりから俺を見下ろして。

まるで水底を覗き込むように、じっと俺を見つめていた。

「本当」

ただ、端的にそう答える。

莉子は迷うように、俺を見つめ続けていた。

莉子の快活な瞳が、今は揺れている。宵祭(よいまつ)りの提灯(ちょうちん)の灯(あか)りで煌(きら)めいている。

迷惑がられるだろうか。

でももう、零(こぼ)れた言葉はどうしようもない。

俺は開き直って、莉子を見つめた。

「莉子が好き」

「……うん」

「愛してる。結婚してくれ」

もうどうにでもなれ、と破れかぶれで——信じられないくらいに掠(かす)れた声で、そう言った。

「あの、ね」

莉子は、震える声で小さく続けた。

「恭介くん」

「うん」

「私の——〝どこでもないどこか〟、に」

莉子の目から、ぽろりと涙が零(こぼ)れた。

粒になったそれは、真珠のように宵祭(よいまつ)りの宙に溶ける。

「〝どこでもないどこか〟、に、なってくれる？」

「ずっと」

俺は手を伸ばす。

両手を莉子に向かって、ただ、伸ばして。

「ずっとそうありたいと、希（ねが）っていた」

莉子が笑う。

笑っているのに、両目から次々に涙が溢（あふ）れて止まらない。

莉子が身を乗り出し、俺は両手を広げる。

子供じゃないから、すべり台のときみたいにもう莉子を落としたりしない。

莉子の浴衣が、宵祭（よいまつ）りの夜空に舞う。

ひらりと、まるで優雅な魚みたいに、綺麗に揺れた。

涙の粒が、銀色に、白銀に、真珠色に、きらきらと――夜空の藍に、溶けていく。

「莉子」

ただ、名前を呼んで。

「恭介くん」

ただ、名前を呼び返された。

そうして俺の胸に落ちてきた、愛おしくてたまらない最愛の人をぎゅうぎゅうと抱きしめながら、
俺は彼女を死んでも手放さないと誓う。

『もし』

かつて、莉子の父さんが言った。

莉子を連れ、どこでもないどこかを捜しに行った俺に。

『もし、君がまた莉子を必要として、莉子も君をまた必要としたら、きっと君たちはまた出会えるんじゃないかな』

あるのだろうか、そんなものが。

『きっと、運命的に』

運命なんてものが――あるのかないのか、俺には分からない。

だけれど、ひとつ確信していることがある。俺にとって莉子は唯一で、……どうやら莉子にとっても、俺は唯一になれたらしいこと。

俺の腕の中で泣きじゃくる莉子を見つめる。

もし、許されるのなら。

俺はそれは運命というより――こう、捉えたい。

見つけたんだ、と。

お互いの〝どこでもないどこか〟を。


「結局さー」

俺に背負われた莉子はぶつぶつと言う。

宵祭りの雑踏の中、俺たちを気にする人はそんなにいない。

「私と恭介くんってこんな運命なのかも?」

「こんな運命?」

「また私だけ怪我した〜!」

「……悪い」

「恭介くんは悪くないんだけどね」

ふふ、と莉子が笑う。最後の最後で格好悪いことに、落としこそしなかったもののバランスを崩してこけてしまったのだ。直前に身体から力が抜けていたのが原因だろう。

「恭介くんに怪我がなくてよかった」

「いや、……俺のほうこそ、悪かった」

「だから、私が」

「そうじゃなくて。言ってなかったこと。北海道」

「あー、うん。私のほうもごめんなさい」

莉子は、きゅっと俺にしがみつく手に力を入れた。

「お仕事なのに」

「不安にさせて、悪かった」

「……うん」

「今後、莉子が少しでもモヤッとしたことがあったら、全部言ってほしい。莉子が嫌な気持ちなのは、俺も嫌だから」

「……ありがと」

「念のため言っておくと、春日さん、俺のことなんとも思ってないからな」

「……そうなの？」

「俺があまりにウジウジしているから、発破をかけようとしてくれていたんだと思う。そもそも春日さん、俺の先輩と付き合っているしな」

以前、竹下さんと発破をかけるだのなんだのと話をしていたのを思い出す。それが今回の「やきもち作戦」だったのだろう。まさか実行するとは思っていなかったけれど、結果的にうまくいったのだからお礼を言うべき……なんだろうか。

「ええ!?　そ、そうなの……？」

莉子が俺の背中で大きく驚いたあと、ふっと力を抜いたのが分かった。

「なんか、すごい、申し訳ない気分……」

「何が？」

「……嫉妬しちゃったから」

莉子が脱力した感じで息を吐いて、俺の背中に顔を埋める。

俺は嬉しくてこっそり笑う。

「やだ、やきもち妬いて恥ずかしー……あ、りんご飴」

莉子がふと気が付いたように言う。

「買うか？」

「この体勢で？」

「いいんじゃないか」

俺は笑いながら、りんご飴の屋台に向かう。

白熱球っぽい灯り（あか）の下、つやつやと赤く煌（きら）めくりんご飴を莉子を背負ったまま購入した。一番大きいやつだ。

「どないしたんお姉ちゃん。優しいカレシさんやな」

りんご飴を渡されながらからかわれて、莉子が俺の背中でみじろぎした。

再び歩き出す。

「……ねえ、いつから好きでいてくれたの？」

「幼稚園」

莉子の質問に端的に答えた。

「うそ!?　幼稚園!?」

莉子が驚愕の声を上げた。

「なんだ。悪いか」

「わ、私、単なる友達としか思われてないって、ずっとそんなふうに……」

「単なる友達を抱くわけないだろ。俺は割と堅物なほうなんだ。最初に言っただろう。半端な覚悟で抱くわけじゃないと」

莉子が俺の背中に顔を埋（うず）める。Tシャツの生地越しに感じる、莉子の吐息。

じわりと湧いてくる感情に突き動かされ、俺は言葉を続ける。

「莉子のことは、……もはや、好きというより、溺愛してる自信がある」

莉子がげほっ、と咳き込む。

「でっ、溺愛⁉」

「君のためなら死ねる」

「し、死なないで！」

莉子はそう言ったあと、俺にしがみつき小さな声で言う。

「相変わらずちょっとポエミーだよね……その、私、そんなに、あ、愛されてるんですか」

「だから溺愛していると……莉子」

少し迷ってから、疑問を口にする。

「莉子こそ、いつから俺のことを？」

「ずっと」

莉子は静かな声で答える。

「ずうっと、好きだったよ。絶対、死ぬまで好き。死んでも好き」

俺は胸がいっぱいで、それしか言葉にできない。愛おしい人に言われる「好き」という二文字が、こんなに胸に沁みるものだとは。

「――そうか」

「恭介くんとエッチして分かった。私、好きな人としか、そういうことできないんだって」

やがて風景は少しずつ祭りの中心から遠ざかって、いつもの京都の街になっていく。

暗いビルを眺めながら、俺はため息をひとつついた。

「あ、ごめんね、重い？　疲れた？」

「……ああ、違うんだ」

俺は暗い空を、見上げた。

「なんだか延々と……、それこそ永遠にあの祭りは続いているような気がしていたから……終わって拍子抜けしてる」

莉子を捜してさまよい続けるのかと思った。なのに今や、祭り囃子も遥か遠くに聞こえる。

「ああ、なんか……分かるかも」

延々と、永遠と、朱と白の駒形提灯。響き渡る祭り囃子の、笛と鉦――

終わりなく続くような気がしていた。振り向けば、そこはまだ明るく、宵祭りは続いている。

莉子を背負い、オフィス街まで出てしばらく歩いたところで、ふと莉子が「あれ」と呟いた。このあたりまで来ると、もう人はまばらになっている。

「あのー、恭介くん。家の方向、違くない？」

「ああ」

歩道の街灯の下、俺はさらりと言う。

「区役所行くから」

「なんで」

「夜間窓口で婚姻届提出する」

「え!?」

りんご飴を握りしめた莉子の手が暴れた。

「こら、また落ちるぞ」

「そうじゃなくて、え、何？　け、結婚!?」

俺はすたすたと暗い道を歩きながら、口を開く。

「やっと手に入ったんだ、手放してたまるか。莉子のご両親にも、関係各所にも……あとで土下座でもなんでもするから、今日中に俺と結婚してくれ。戸籍謄本なんかは後日提出で構わないはずだし、証人は春日さんたちに頼もう」

それくらいは頼まれてくれるだろう。

それから少しだけ、声を弱めた。

「嫌か」

「嫌じゃない」

抱きついてくる体温にほっとする。

「好きだ、莉子」

「わ、私も大好き」

すぐに返ってくる、ずっと欲しかった言葉。顔は見えない。けれど体温は重なって、ひとつになって歩いていている。

彼女とならば、きっとこの先もこんなふうに、ずっと――

「……莉子」

「なぁに」

「本当に、いいいか。結婚。今日で」

「うん。私は昔から――変な方向に、思い切りがいいんだよ」

莉子はりんご飴を持った手を大きく掲げた。街灯の灯り（あか）りを受けて、りんご飴がつやつやと光る。

「よし、結婚しちゃおう恭介くん！」

「……ふは」

思わず噴き出すと、莉子も身体を揺らして笑う。

バカみたいに楽しくて、俺たちは笑い合う。

「莉子」

ただ、名前を呼んで。

「恭介くん」

ただ、名前を呼ばれて。

莉子がひそやかにふふ、と笑う。さっきまでとは違う色を帯びた声に「どうした？」と首を傾げた。

「うーん。あのね、不思議だなって。私、恭介くんのセフレでいたつもりなのに」

莉子はまた、笑う。

「カタブツ検事のセフレになったと思ったら、溺愛されておりまして――って、感じ？」

「溺愛どころか、骨まで愛し尽くすから覚悟しておけよ」

「こっちの台詞(せりふ)です」

こんな感じで、唐突に――俺たちの二十数年のお互いへの片想いは終わった。

「でもきっと、結婚しても私たちはずっとこんな感じだよね」

「こんな感じ？」

「私はこれからも変な方向に思い切りがいいだろうし、恭介くんは生真面目なカタブツさんでしょ？　あ、変態さんでもあるけど……」

「分かった。変態的なことがしたいんだな」

「……そうは言ってないけど？」

「任せろ。妄想だけで実行していないことがいくつかある」

「うそでしょ？」

莉子が本気の声でそう言って、俺は肩を揺らす。莉子がまた笑う。

こうして――俺たちは、始まっていく。

両想いの、その先へ。

病(や)めるときも健(すこ)やかなるときも、お互いがお互いの居場所であり続けるために。

〝どこでもないどこか〟で、あり続けるために。

恋愛小説「エタニティブックス」の人気作を漫画化!
EC
Eternity COMICS
［漫画］
アルミ缶
［原作］
にしのムラサキ
ぱあっ
会え…っ
…なんか不機嫌そう…!?
ずおん
食べられそう
た
は…っ
ふ…
いや
可愛いと思って
ぱちゅん
欲しがってくれて嬉しい
ビクッ
ビク…ンッ
あ
あぁ
お見合い相手は無愛想な警察官僚でした
誤解まみれの溺愛婚
Omiai aite wa Buaisou na Keisatsu Kanryo deshite
須賀川美保、二十六歳、結婚適齢期。親の薦めでお見合いした相手は、コワモテで無愛想な警察官僚の鮫川修平さん。とんとん拍子に話は進んで夫婦になったものの、旦那様は寡黙で何を考えているのかいまいちよくわからない。でも、体は口ほどに物を言う(?)のか、絶倫な彼の愛情表現は止まらなくて――!?
B6判　定価：704円（10%税込）　ISBN 978-4-434-31148-2
寡黙な夫から、カラダへ刻まれる
極あま愛!?
政略結婚だと勘違いしている妻×妻が大好きな隠れ絶倫夫

勤め先が倒産した日に、長年付き合った恋人にもフラれた凪子。これから人生どうしたものか……と思案していたところ、幼馴染の鮫川康平と数年ぶりに再会する。そして近況を話しているうちに、なぜか突然プロポーズされて!? 勢いで決まった（はずの）結婚だけれど、旦那様は不器用ながら甘く優しく、とことん妻一筋。おまけに職業柄、日々鍛錬を欠かさないものだからその愛情表現は精力絶倫で、寝ても覚めても止まらない！ 胸キュン必須の新婚ストーリー♡

無料で読み放題
今すぐアクセス!
エタニティWebマンガ

B6判
各定価：704円（10%税込）

～大人のための恋愛小説レーベル～

ETERNITY
エタニティブックス

オトナの恋は淫らで甘い？
一晩だけの禁断の恋のはずが憧れの御曹司に溺愛されてます

エタニティブックス・赤

冬野まゆ

装丁イラスト／spike

建築設計事務所で働く二十七歳の莉子。仕事中は女を捨て可愛げがないと言われる彼女だけれど、憧れの建築家・加賀弘樹と出会い惹かれていく。そんな中、突然男の顔で口説かれた莉子は、愛妻家の噂があるのを承知で「一晩だけ」彼と過ごすが――翌日、罪悪感から逃げ出した彼女を、弘樹はあの手この手で甘やかし、まさかの猛アプローチ!?　ワケアリ御曹司に甘く攻め落とされる極上ラブ！

※エタニティブックスは大人の女性のための恋愛小説レーベルです。ロゴマークの色で性描写の有無を判断することができます（赤・一定以上の性描写あり、ロゼ・性描写あり、白・性描写なし）。

詳しくは公式サイトにてご確認ください。
https://eternity.alphapolis.co.jp/

恋愛小説「エタニティブックス」の人気作を漫画化!
EC Eternity COMICS
一夜の夢では終われない!?
極上社長は一途な溺愛ストーカー
1
Webサイトにて好評連載中!
あん
あん
赤くなってる
あん
可愛いですよ葉月さん
くちゅ
あなたが好きだから守りたいんです
漫画 瀬多優月
原作 立花吉野
恋人にフラれ、彼と来る予定だったホテルを一人で訪れるというクリスマスイブを迎えた英奈。そんな人生最悪の日、彼女は魅力的な男性・守谷と出会い、甘く官能的な夜を過ごす。
これは一夜の夢だから…と連絡先も交換せずに去った英奈だったが、それから数ヵ月後、職場に突然真っ赤なバラの花束が届く。そこには『君を忘れられない』というメッセージがついていて――…!?
無料で読み放題
今すぐアクセス!
エタニティWebマンガ
貴女を忘れられるはずがない――
B6判
定価704円(10%税込)
ISBN978-4-434-33462-7

この作品に対する皆様のご意見・ご感想をお待ちしております。

おハガキ・お手紙は以下の宛先にお送りください。

【宛先】

〒150-6019 東京都渋谷区恵比寿 4-20-3 恵比寿ガーデンプレイスタワー 19F
（株）アルファポリス　書籍感想係

メールフォームでのご意見・ご感想は右のＱＲコードから、
あるいは以下のワードで検索をかけてください。

ご感想はこちらから

本書は、「アルファポリス」（https://www.alphapolis.co.jp/）に掲載されていたものを、
改題、改稿、加筆のうえ、書籍化したものです。

カタブツ検事（けんじ）のセフレになったと思（おも）ったら、
溺愛（できあい）されておりまして

にしのムラサキ

2024年 2月 25日初版発行

編集－羽藤 瞳・大木 瞳
編集長－倉持真理
発行者－梶本雄介
発行所－株式会社アルファポリス
〒150-6019 東京都渋谷区恵比寿4-20-3 恵比寿ガーデンプレイスタワー19F
TEL 03-6277-1601（営業） 03-6277-1602（編集）
URL https://www.alphapolis.co.jp/
発売元－株式会社星雲社（共同出版社・流通責任出版社）
〒112-0005 東京都文京区水道1-3-30
TEL 03-3868-3275
装丁イラスト－緒笠原くえん
装丁デザイン－ナルティス（稲見 麗）
（レーベルフォーマットデザイン—ansyyqdesign）
印刷－中央精版印刷株式会社

価格はカバーに表示されてあります。

落丁乱丁の場合はアルファポリスまでご連絡ください。

送料は小社負担でお取り替えします。


ISBN978-4-434-33458-0 C0093